VillA Alfabet

Vleknek

Kees Opmeer

educatieve

uitgeverij

Maretak

VillA Alfabet is een leesserie voor de betere lezer van groep 3 tot en met groep 8.
VillA Alfabet Groen is bestemd voor lezers vanaf groep 5.
Een VillA Alfabetboek biedt de goede lezer een uitdagende lees-ervaring en verdiept deze ervaring door het extra materiaal dat in het boek is opgenomen. Daarnaast is bij elk boek materiaal ont-wikkeld dat in een aparte uitgave is verschenen: 'VillA Verdieping'.

© 2008 Educatieve uitgeverij Maretak, Postbus 80, 9400 AB Assen

Tekst: Kees Opmeer
Illustraties: Camila Fialkowski
Tekst blz. 4, 108, 109, 111 en 112: Ed Koekebacker
Vormgeving: Studio Huis, Amsterdam
Illustratie blz. 108-109: Gerard de Groot
ISBN 978-90-437-0333-8
NUGI 140/282

LEES NIVEAU

	ME	ME	ME	ME	ME		
AVI	S	3	4	5	6	7	P
CLIB	S	3	4	5	6	7	8	P

familiegeheim | anders zijn
Toegekend door Cito i.s.m. KPC Groep

STICHTING NEDERLANDSE
KINDERJURY
2009

Voor oma

(Als je ▶ tegenkomt, ga dan naar bladzij 111.
En als je het boek uit hebt, kom dan op bezoek in VillA
Alfabet, op bladzij 108-110.)

Vreemd maakt bang, totdat het vertrouwd wordt. Een vertrouwde kan een vreemde worden voor wie je bang bent.
Totdat je leert begrijpen wat mensen écht beweegt.

1 De rode muts

Voor de tweede keer fietste Dion langs het grote, vervallen huis. Hij zette zijn fiets tegen het lage tuinmuurtje en duwde aarzelend het doorgeroeste hek open. Rechts van de voordeur bevond zich een raam waarvoor altijd een zwart gordijn hing. Daar moest de geheime kamer zijn waarover de moeder van Martijn wel eens sprak.

De bel werkte niet meer. Dion wist niets beters te verzinnen dan op de voordeur te bonzen. Er gebeurde niks, dat kwam mooi uit. Als ze niet thuis was kon hij er ook niks aan doen. Hij had zich al omgedraaid, maar op dat moment hoorde hij gemorrel. De deur zwaaide open en daar stond ze, Heksemie, zoals ze door de kinderen werd genoemd. Haar witte gezicht en haar lange zilvergrijze haren staken af tegen de ouderwetse kleren die ze droeg.

'Zo jongeman,' zei ze, 'kom je eindelijk de tuin doen?'

'Ik? Nee, ik... eh...' Dion raakte in de war.

'Ik ben iemand anders.'

'Wie ben jij dan?'

'Ik ben van die muts.'

Ze keek hem verbaasd aan. 'Ik zie geen muts.'

'Ik kom voor de muts van Sofie, mijn zusje, die donker-
rode muts. Die heeft u meegejat... eh... meegenomen.'

Dion zag aan de rimpels in haar voorhoofd dat ze stond
na te denken. Plotseling verstrakte haar gezicht.

'Jij bent het dus, jij bent een van die jongens die mij
voordurend treiteren.'

'Ik maakte maar een...'

Waarom moest hij ook zonodig zijn zusje laten zien dat
hij helemaal niet bang was voor Heksemie. Toen ze van-
morgen langs fietste, pakte hij de muts van Sofie en
plantte hem op zijn eigen hoofd. 'Hé Heksemie,' riep hij
uitdagend, 'zo'n muts zou je geweldig mooi staan!'

Voordat hij het goed in de gaten had, greep ze de muts,
zette die op haar eigen hoofd en fietste gewoon door.

'Vooruit, kom binnen.'

Dion liep voor haar uit door een schemerige gang die vol
stond met stapels oude kranten en tijdschriften. Het rook
vies in huis, als in een vochtige kelder.

'Niet die deur, alsjeblieft!' waarschuwde ze, toen hij de
eerste deur wilde openmaken. Hij schrok van de geïrri-
teerde klank in haar stem.

Door een andere deur kwam Dion in de woonkamer

terecht. Ook daar ontdekte hij stapels kranten op de grond en andere rotzooi: kartonnen dozen, kleren, zelfs een ouderwetse groene pan zonder deksel. Toen zag hij de muts van zijn zusje, op de leuning van een versleten, leren bank.

De vrouw ging op de bank zitten, een dikke zwarte poes schurkte zich tegen haar aan. Dion begreep niet waar die zo plotseling vandaan was gekomen. Ze had haar rok tot boven haar knie opgetrokken, zodat je haar witte benen zag. Boven op haar hoofd had ze een beetje schuin de rode muts van Sofie gezet.

'Mag ik de muts dan nu alstublieft terug?' vroeg Dion.

De vrouw hoorde hem niet, of ze deed alsof. Ze pakte een flesje met bloedrode nagellak dat naast de bank op de grond stond. Voorovergebogen probeerde ze met het kleine kwastje in haar hand haar teennagels te lakken.

'Anders wordt mijn vader boos,' verzon Dion.

Hij kromp ineen toen ze hem aanstaarde. 'Ik heb honger gekregen, smeer eerst maar eens een boterham met pindakaas voor mij.'

Hij slikte een paar keer. 'Krijg ik dan de muts terug?'

Het was eventjes stil.

'Misschien,' antwoordde ze toen, 'ik beloof niets.'

Met tegenzin slenterde Dion naar de keuken.

Hij schrok van de rotzooi, het was nog erger dan in de kamer. Het aanrecht stond volgebouwd met vieze pannen, glazen en een stapel borden waarop aangekoekte etensresten lagen. Onder in de kast vond hij een plastic broodtrommel waarin een halfje bruin brood lag. Op een andere plank stond een nog bijna volle pindakaaspot. Tussen duim en wijsvinger viste hij een boterham uit de broodtrommel. Dion probeerde met zijn elleboog wat borden opzij te schuiven om ruimte te maken op het aanrecht. Toen hij met de boterham terugkwam, hoorde hij haar mompelen: 'Ik zie er graag mooi uit voor Obe.' Trots bekeek ze haar voeten met de roodgelakte nagels.

Wie is Obe? vroeg Dion zich af, ik zie helemaal geen Obe, of zou de poes zo heten? Hij legde de boterham die dik besmeerd was met pindakaas op de bankleuning.

'Zo, dat was het dan,' zei hij, 'alstublieft.'

Plotseling klemde de vrouw haar hand om zijn arm en trok hem dichterbij. Ze rekte zich uit naar zijn hals.

'Wat een vreemde vlek,' zei ze, 'het lijkt wel een gezicht, een oud gezicht.'

Toen ze de vlek in zijn hals wilde aanraken, rukte Dion zich geschrokken los. Zonder te kijken liep hij achteruit en struikelde over een stapel kranten. Met wild zwaaiende armen viel hij achterover.

Dion keek omhoog naar de vrouw met de rode muts van Sofie op haar hoofd.

'Weet je wat ik me afvraag? Wat vindt jouw moeder van dat treiteren?'

Dion bewoog zijn schouders een beetje hulpeloos. Ze wist er niets van en dat was maar goed ook.

'En je oma dan? Aan oma's heb je meer dan aan moeders. Als ik jouw oma was, zou ik beter op je letten.'

'Mijn oma is overleden.'

'Hoezo, waaraan is ze overleden? Was ze ziek?'

'Dat weet ik niet,' antwoordde hij.

'Weet je dat niet? Is dat niet wat vreemd?'

Waar bemoeit ze zich eigenlijk mee? dacht Dion. Hij had nog wel een oma en een opa, maar die woonden al jaren-lang in Amerika. Voor zijn gevoel waren dat geen echte grootouders. Hij had ze in heel zijn leven maar twee keer gezien.

'Denk je ook nooit aan haar?' vroeg de vrouw.

Dion keek haar verbaasd aan. Hij wist eigenlijk niets van zijn oma, alleen dat ze was overleden toen hij ongeveer drie jaar was. Zijn vader en moeder praatten nooit over haar. Een enkele keer kwam er wel eens een vage herinne-ring boven. Het was een vluchtige gedachte aan een don-kere ruimte waarin hij was weggekropen. Bij die gedachte hoorde ook een vrouwenstem, oma misschien? Dat was het enige wat hij zich herinnerde.

Hij voelde zich plotseling boos worden. Deze vrouw had niets met zijn oma te maken. 'Ik wil die muts terug,' zei hij, 'u hebt het beloofd. Ik heb een boterham voor u klaargemaakt.'

'Ik zei, misschien,' antwoordde ze. Voorovergebogen staarde ze weer naar haar teennagels. 'Ik ben mijn kleine teentje vergeten,' zei ze.

Hij schoof achteruit en krabbelde overeind.

'Misschien kom ik hem zelf wel terugbrengen,' zei ze, nog steeds voorovergebogen, 'wanneer het mij uitkomt.'

Ze weet niet eens waar ik woon, dacht Dion. Voorzichtig deed hij een stap in haar richting, en nog een. Zo te zien had ze niets in de gaten. Er liep een straaltje zweet over zijn onderrug. Toen rukte hij de muts van haar hoofd en stormde de kamer uit.

In twee seconden was hij bij de voordeur. Gelukt, dacht hij, maar tegelijkertijd ontdekte hij dat de deur op slot zat. Hij hoorde haar sloffend dichterbij komen.

Drie minuten voor vier

(zeven jaar en vijfenveertig dagen geleden)

'Daar is oma,' zei Dions moeder toen een felgroene auto
voor de deur stopte.
'Oma!' herhaalde Dion vrolijk, 'ik wil me verstoppen.'
'Verstoppen,' vroeg zijn moeder, 'waar dan?'
Dion drentelde op zijn korte beentjes de kamer rond.
Plotseling viel zijn oog op het dressoir waarop de televisie
stond. Hij trok met twee knuistjes de linkerdeur open en
gooide een voor een de videobanden naar buiten die daar
lagen opgestapeld. Daarna wurmde hij zich naar binnen.
'Wat maak je er weer een puinhoop van,' zei zijn moeder
zuchtend. Maar ze glimlachte toen ze vlug de deur achter
hem dicht duwde. Daarna haastte ze zich naar de gang.
'Mensenkinderen, het is snikheet,' zei oma die puffend
binnenkwam. 'Waar is mijn kleine knuffelbeer gebleven?'
'Weg,' antwoordde Dions moeder knipogend. Ze knikte
ondertussen in de richting van de het dressoir waar
videobanden kriskras op de vloer lagen. 'Ik kan hem niet
meer vinden.'
Vanuit de kast klonk een onderdrukt pretlachje.
'Dan moet ik hem maar gaan zoeken,' zei oma, 'of wil hij
vannacht niet bij oma logeren?' Ze legde een rimpelige

12

hand op de buik van Dions moeder. 'Ik ben zo blij voor je.
Jullie hebben groot gelijk dat jullie het gaan vieren met
een lekker etentje.'
Dions moeder deed een stap achteruit, alsof ze het niet
prettig vond dat oma haar buik aanraakte.
Oma ging opzettelijk vlak voor de kast staan. 'Als ik hem
niet kan vinden, dan moet ik maar naar huis teruggaan,'
zei ze extra luid. 'Jammer, ik wou speciaal voor hem
patatjes bakken.'
Meteen vloog de kastdeur open en rolde Dion naar buiten.
Even later stonden ze bij de voordeur om te vertrekken.
'Ik zal goed op mijn kleinzoon passen,' zei oma nog.
'Dat mag ik toch hopen,' antwoordde Dions moeder. Ze
bukte en kuste Dion op zijn voorhoofd. 'We komen je mor-
genochtend weer ophalen.'
Hand in hand liepen oma en Dion naar de auto. De hitte
was drukkend en het was bladstil. Het leek op de stilte
voor de storm.

2 Lege plekken

Onderuitgezakt zat Dion naast Sofie op haar bed.
'Ik stond met de muts in mijn hand bij de voordeur,' vertelde hij, 'toen die vrouw op me afkwam.'
'Wat deed ze?' vroeg Sofie.
'Ze staarde me aan met een griezelige blik in haar ogen,
toen legde ze een hand op mijn achterhoofd. Het leek net
alsof ik me niet meer kon bewegen. Pas toen ik haar de
muts had teruggegeven, liet ze me vertrekken.'
Het klopte niet helemaal wat Dion vertelde. Ze legde wel
een hand op zijn achterhoofd, maar ze keek niet eng, eer-
der een beetje verbaasd. En Dion kon zich prima bewegen
toen ze de muts uit zijn hand pakte. Anders kon hij niet
zo hard wegrennen nadat ze de voordeur voor hem had
opengemaakt.
'Maar wanneer krijg ik mijn muts nou terug?' vroeg Sofie.
'Als ik haar morgen zie fietsen, trek ik de muts gewoon
van haar hoofd af. Ze moet niet denken dat ik bang voor
haar ben.'

14

Dion trok de kraag van zijn shirt naar beneden, zodat je de rode vlek goed kon zien. Raar eigenlijk dat hij niet wist hoe hij aan die vlek was gekomen. Waarom wilden zijn ouders dat niet vertellen, of vonden ze het niet belangrijk genoeg? Ze deden er altijd zo geheimzinnig over.

'Wat ik nog wilde vragen: kun jij hier een gezicht in ontdekken?'

Sofie kwam met haar gezicht zo dichtbij dat haar neus bijna zijn hals raakte. 'Hmm, dit lijkt een beetje op een voorhoofd en die kronkel is dan een stukje van het haar.'

'Een oud gezicht?' vroeg Dion.

'Ja zoiets, je hebt een omaatjesgezicht in je nek.' Sofie schoof naar voren tot het uiterste randje van het bed.

'Vond je het niet vervelend dat Heksemie je aanraakte?'

Dion begon overdreven met zijn armen te kronkelen.

'Misschien heeft ze me betoverd,' zei hij met een griezelig stemmetje. 'Ik voel plotseling geheime krachten. Ik kan ervoor zorgen dat jij...' Hij dacht even na.

'Nou, wat dan?' drong Sofie aan.

'Ik kan ervoor zorgen dat jij zomaar op de grond tuimelt.' Onverwacht gaf hij haar een duw waardoor zijn zusje van de bedrand afgleed.

Ruziënd liepen Sofie en Dion de woonkamer in.

'Houden jullie je mond eens!' riep hun vader chagrijnig.
Hij zat onderuitgezakt in zijn luie stoel naar een voetbal-
wedstrijd te kijken. 'We staan inmiddels met één-nul achter,' mopperde hij.
Dion ging in de andere stoel zitten. Hij was net als zijn
vader gek op voetballen, maar nu was hij er met zijn
hoofd niet bij. Terwijl hij naar het televisiescherm staarde, sprongen zijn gedachten van Heksemie naar oma en
weer terug. Waarom weet ik zo weinig van oma? vroeg hij
zich af. Ik weet niet eens hoe ze eruitziet. Zijn blik ging
naar de fotoalbums op het dressoir. Hij kon zich niet herinneren ooit een foto van haar te hebben gezien.
Toen de telefoon overging, nam zijn moeder op. Ze noemde haar naam, maar er kwam geen antwoord.
'Eigenaardig,' mompelde ze, 'opgehangen. Dat gebeurt
vaker de laatste tijd.'
'De vijfde hoekschop alweer voor het Nederlands elftal,'
kondigde de verslaggever aan. Even later begon hij te
loeien: 'Jaaah... hij zit... wat een kopbal...!'
De vader van Dion veerde op en stak zijn armen enthou-
siast omhoog.
'Arnold, stoot je glas niet om,' waarschuwde Dions moeder.
Ze knikte naar het halfvolle bierglas dat op de rand van
het tafeltje stond.

Dion slenterde naar het dressoir en pakte het fotoalbum met foto's van hem toen hij nog een kleuter was. Hij begon erin te bladeren. Hier en daar kwam hij een lege plek tegen, alsof er een foto was weggehaald. Onder een van de lege plekken stond: *Oma Dionne in actie!*

'Ben ik naar oma vernoemd?' vroeg hij verbaasd.

'Heb ik dat nooit verteld?' antwoordde zijn moeder.

'Waarom wil je plotseling foto's bekijken?'

'Zomaar.'

Toen hij doorbladerde, vond hij eindelijk een foto van iemand die zijn oma zou kunnen zijn. Het was in een woonkamer die hij niet kende. Op de achtergrond zag hij vaag een vrouw van de achterkant, klein, met kort haar.

'Is dit oma, mam?' Dion hield het fotoalbum schuin omhoog, zodat ze het beter kon zien.

'Inderdaad, die foto is bij haar thuis genomen.'

'Waarom zijn er niet meer foto's van haar?'

'Omdat... omdat het nu eenmaal zo is. Ze hield er niet van om gefotografeerd te worden, geloof ik.'

'Waardoor is ze eigenlijk doodgegaan?' vroeg Dion verder. Zijn vader draaide zich met een ruk om en stootte met zijn elleboog tegen het bierglas. Hij probeerde het glas nog met twee handen te grijpen, maar het kletterde al op de grond.

'Ik had je nog zo gewaarschuwd,' zei Dions moeder, terwijl ze opstond.

Het leek alsof ze zijn vraag waren vergeten, maar Dion had een vreemde blik in hun ogen gezien.

Dion lag in bed naar het plafond te staren. In gedachten zag hij een kleine jongen met zijn handen patat eten. Tegenover hem zat een glimlachende vrouw met kort grijs haar, maar haar gezicht bleef in een wazige mist gehuld. Ze praatte tegen hem, maar hij verstond haar niet.

Hij schrok op toen plotseling de deur van zijn kamer openging.

'Je hebt me geen welterusten gezegd,' zei zijn moeder.

'Sorry, welterusten dan,' antwoordde Dion.

Ze ging op de bedrand zitten. 'Is alles goed met je? Je wilde opeens van alles over oma weten. Hoe komt dat zo?'

'Gewoon, ik moet de laatste tijd wel vaker aan haar denken,' antwoordde Dion.

Zijn moeder staarde hem onderzoekend aan. 'Oma heeft een verkeersongeluk gehad. Je was pas drie jaar toen het gebeurde. Het was slecht weer die avond. Ze moest onverwacht uitwijken en toen... toen was daar die boom.'

Dion wreef over de vlek in zijn hals, terwijl hij over de woorden van zijn moeder nadacht.

Ze drukte een kus op zijn voorhoofd. 'Probeer toch maar te slapen.'

Toen ze was verdwenen lag hij nog een tijdlang te piekeren. Uiteindelijk viel hij in een onrustige slaap.

Het moest midden in de nacht zijn toen hij wakker schoot. Was het een geluid of had hij over iets gedroomd? Hij luisterde gespannen, maar in huis was het doodstil. Met een akelig gevoel kwam hij overeind en gluurde vanachter het gordijn naar buiten. Plotseling verstarde hij van schrik. Aan de overkant van de straat stond iemand, een gestalte in donkere kleding, een capuchon was over het hoofd getrokken. Het gezicht was vanaf deze afstand niet meer dan een vaalwitte vlek.

Hijgend liet Dion zich op het bed terugvallen. Hoe wist Heksemie waar hij woonde, schoot het door hem heen. Op hetzelfde moment wist hij ook het antwoord. Het adres was aan de binnenkant van de muts bevestigd. Dat mens was gestoord. Wat wilde ze eigenlijk van hem?

Na een paar minuten dwong hij zich om opnieuw naar buiten te gluren. Zijn hand trilde toen hij het gordijn een stukje openschoof, maar ze was verdwenen! Heb ik het gedroomd, vroeg hij zich af, of stond ze daar echt? Hij veegde het zweet van zijn kletsnatte voorhoofd. ◨

Kwart over vijf

Oma zette de frituurpan op het aanrecht en stak de stekker in het stopcontact. Met de handen op zijn rug stond Dion nieuwsgierig toe te kijken. Voor hem was de frituurpan een geheimzinnig apparaat waar zomaar heerlijke goudgele patatjes uit kwamen.

Toen oma even een andere kant op keek, greep hij de aanrechtrand vast. Maar ze hield hem goed in de gaten en trok hem snel weg.

'Dat is heet,' zei ze streng, 'daar mag je niet aankomen.'

'Heet,' vroeg Dion, 'doet dat au?'

'Ja, dat doet au,' lachte oma. 'Ik wil niet dat er ongelukken gebeuren, kleine knuffelbeer van me.'

Daarna zette ze hem in een gemakkelijke stoel voor de televisie en zapte net zolang totdat ze een kinderprogramma gevonden had.

'Lekker blijven zitten,' zei ze, 'dan gaat oma de patatjes klaarmaken.'

Dion lette allang niet meer op haar, omdat hij helemaal in beslag werd genomen door de tekenfilm met de vrolijke kleuren en de gekke geluidjes.

'Ik hoop dat je een zusje krijgt,' riep oma vanuit de keuken.' Dat willen papa en mama ook graag, maar jij blijft mijn enige echte knuffelbeer!'

Dion hoorde haar niet. Hij merkte ook niet dat ze na een tijdje de keuken uitliep. Maar toen even later de frituurpan begon te borrelen, keek hij op. Opeens vond hij de tekenfilm niet meer zo interessant. Snel liet hij zich van de stoel afglijden en liep in de richting van de keuken. Vlak voor het aanrecht ging Dion op zijn tenen staan. Hij raakte voorzichtig met een vinger de buitenkant van de pan aan. Die voelde helemaal niet zo warm aan.

Zijn vinger gleed over de gladde buitenkant van de pan naar het witte snoer dat over het aanrecht kronkelde.

Vanuit de hal klonk het geluid van het toilet dat werd doorgetrokken, maar Dion hoorde het niet.

Het kostte hem moeite om zo op zijn tenen te blijven staan, maar hij wilde niet loslaten. Plotseling begon hij te wankelen. Om zijn evenwicht niet te verliezen bleef hij het snoer vasthouden.

3 Obe

Had ik dat geintje met die stomme muts maar nooit uitgehaald, dacht Dion. Zijn vader en moeder dachten dat Sofie
haar muts per ongeluk bij een vriendin had laten liggen.
Omdat hij Heksemie niet op haar fiets was tegengekomen,
moest hij wel terug naar haar huis.
Met bonzend hard bleef hij voor de verveloze deur staan.
Als ze nu eens niet thuis was? Als nu eens ergens een
raampje openstond? Dan was het een koud kunstje om
naar binnen te glippen en de muts mee te jatten.
Langzaam liep Dion naar het raam van de woonkamer en
gluurde naar binnen, niemand te zien. Daarna probeerde
hij door het raam van de geheime kamer te gluren, maar
het zwarte gordijn hield alles verborgen. Volgens Martijn
stond er in die kamer een glazen bak vol schorpioenen,
haar lievelingsbeesten. Snel sloop hij door de verwilderde
tuin naar de achterkant van het huis, maar hij zag geen
raampje openstaan. Hij wilde juist weglopen toen zijn
oog op de keukendeur viel. Je zag het bijna niet, maar hij

stond op een kleine kier. Voorzichtig duwde Dion de deurkruk naar beneden. Zo erg is ze in de war, dacht hij, dat
ze zelfs vergeet de deur op slot te draaien. Twee tellen
later stond hij in de keuken en keek om zich heen naar de
smerige troep op het aanrecht. Onbegrijpelijk dat iemand
zo kon leven, dacht hij. Op zijn tenen liep hij verder, de
gang in. Met een schok ontdekte hij dat haar cape met de
capuchon aan de kapstok hing. Dan moest ze thuis zijn!
Eigenlijk moest hij maken dat hij wegkwam.
Toch sloop Dion verder, naar de geheime kamer. Hij kon
zijn nieuwsgierigheid niet bedwingen en voelde even aan
de deurkruk. Hij was niet op slot. Maar voordat hij de
gelegenheid kreeg een blik naar binnen te werpen verscheen het hoofd van Heksemie om de hoek van de deuropening.
'Wat moet je hierbinnen?' riep ze woedend.

Met een wit gezicht zat Dion tegenover haar op een stoel.
'Jullie zijn allemaal hetzelfde, of niet soms?' zei ze.
'U had het beloofd,' antwoordde Dion met trillende stem,
'u zou de muts teruggeven.'
'Ik zei misschien en als ik misschien zeg, bedoel ik ook
misschien.'
Zonder iets te zeggen stond ze op en verdween naar de

keuken. Wat zou er in die kamer zijn? vroeg Dion zich af.
Zou de moeder van Martijn gelijk hebben dat ze allemaal
waardevolle spullen in die kamer had verstopt, of was ze
bang dat haar schorpioenen zouden ontsnappen?
Heksemie kwam terug met twee koppen op een presen-
teerblaadje. 'Nu je toch op visite bent, kunnen we net zo
goed een kop thee drinken,' zei ze spottend, 'al heb je dat
natuurlijk niet verdiend.'
Dion gluurde opzij naar het wankele tafeltje waarop ze
zijn theekop had neergezet. Aan de binnenrand van de
kop ontdekte hij een bruine korst. Hij voelde zich misselijk worden.
'Nu ben ik net je oma,' mompelde Heksemie, 'het moet
niet gekker worden. Zou ik een goede oma kunnen zijn,
denk je?'
'Ik heb geen oma meer,' antwoordde Dion, 'dat heb ik al
uitgelegd.'
'Dat is niet goed, ieder kind hoort een oma te hebben.
Dan was je hoogstwaarschijnlijk ook niet zo'n brutaal
ventje geworden. Laat je thee niet afkoelen.'
'Ik lust eigenlijk geen thee,' zei hij aarzelend.
'Natuurlijk lust je thee, iedereen lust thee.'
Met tegenzin pakte hij de kop en speurde ondertussen om
zich heen. Aan de andere kant van zijn stoel lag de dikke

poes op de grond. Niet ver daarvandaan zag hij een stapeltje kranten waarop een oude vaas stond.

Buiten in de tuin vloog krassend een ekster op. 'Wat is
dat voor bijzondere vogel in de tuin?' riep Dion. 'Moet u
kijken!'

Zodra Heksemie zich met moeite had omgedraaid, zwaaide
hij zijn arm met de kop thee in de richting van de vaas.
De helft van de thee klotste er onderweg uit en kwam op
de poes terecht. Ze schoot overeind en sprong op de bank.
'Ik zag helemaal geen vogel,' zei Heksemie terwijl ze weer
terugdraaide, 'je ziet ze natuurlijk vliegen.' Ze lachte om
haar eigen grapje. De poes was tegen haar aangekropen.

'Het was een ontzettend snelle vogel,' antwoordde Dion.
Hij zette de lege theekop terug op het tafeltje. 'Dat was
lekker.'

Heksemie keek hem een ogenblik verbaasd aan. 'Ik heb
eens nagedacht,' zei ze toen, 'ik was niet van plan die
muts zomaar terug te geven. Je moet het terugverdienen.'

'Hoe bedoelt u?' vroeg Dion.

'Zoals ik het zeg, je moet er wat voor doen.' Zonder te
kijken aaide ze de poes over zijn rug. 'Hoe kom je zo nat,
Nikkelus Dukkelus?' riep ze plotseling. 'Wat heb je uitgespookt?'

Dion fietste een eind achter Heksemie. Nikkelus Dukkelus, dacht hij ondertussen, wie noemt zijn poes nou Nikkelus Dukkelus?

Toen ze bij de supermarkt aankwamen, zag hij plotseling Tom en Martijn. Zonder te stoppen stak hij even zijn arm omhoog, alsof er niets aan de hand was.

'Hé Vleknek, waar ga je naartoe?'

Waarom riepen ze dat nu weer, hij hoorde toch bij hen? Ze riepen ook iets naar Heksemie en lachten hard. Dion zette zijn fiets zo ver mogelijk bij haar vandaan in het fietsenrek. Hij deed net alsof hij niet bij haar hoorde.

Heksemie stond hem in de supermarkt met een boodschappenwagentje op te wachten. 'Waar bleef je nou,' riep ze met haar kraakstem, 'ik heb niet de hele dag de tijd.'

Met een rood aangelopen gezicht liep hij met het boodschappenwagentje achter haar aan. Steeds als ze wat pakte, moest hij stoppen.

Uit het vriesvak haalde ze een pak nasi. 'Dit vind ik verrukkelijk,' zei ze.

'Ik toevallig ook,' mompelde Dion, met een blik op de diepvriesmaaltijd, 'maar we eten het bijna nooit.'

Het boodschappenwagentje was flink gevuld toen ze bij de kassa kwamen. Ze moesten achter in de rij aansluiten. Heksemie had een starende blik in haar ogen alsof ze met haar gedachten ergens anders was. Dion volgde haar blik naar de rug van een militair die vooraan in de rij bij de kassa stond. Hij droeg een uniform dat er belangrijk uitzag.

'Obe,' zei ze zacht en toen wat harder: 'Obe!'

Ze drong zich tussen de mensen door naar voren. Toen ze bij hem was, trok ze aan de mouw van zijn uniformjasje. Voordat hij zich kon omdraaien, probeerde ze hem al te omhelzen.

Geschrokken duwde de militair haar van zich af. 'Daar ben ik absoluut niet van gediend!' zei hij streng.

In de rij klonk hier en daar onderdrukt gelach.

'Hij is Obe niet,' zei Heksemie. Teleurgesteld sjokte ze terug naar Dion, terwijl de mensen haar spottend nakeken.

Dion hing de volle boodschappentas aan zijn fietsstuur en wachtte op Heksemie. Gelukkig waren Tom en Martijn verdwenen. Eindelijk kwam ze naar buiten en slofte in de richting van haar fiets. Hij zag hoe ze zich plotseling over haar achterwiel boog. Toen ze zich weer oprichtte, keek ze hem woedend aan.

'Mijn band is leeggelopen,' riep ze, 'kon je het weer niet laten, vervelend kereltje?'

Dion schrok toen Heksemie dreigend op hem afkwam.

Haastig sprong hij op zijn fiets en racete weg. De boodschappentas slingerde heen en weer aan zijn stuur.

'Ik heb het niet gedaan!' riep hij nog.

Twee minuten over half zes

Toen oma de keuken binnenkwam, schrok ze zich wild. Ze zag hem wankelen met het snoer in zijn hand geklemd. Precies net op tijd kon ze hem opvangen. De frituurpan was naar de rand van het aanrecht geschoven.

'Wat doe je nou, jochie?' Haar stem trilde een beetje. 'Ik dacht dat je lekker televisie zat te kijken.'

Dion keek oma verbaasd aan.

'Weet je wel wat er had kunnen gebeuren? Je had levend kunnen verbranden.' Ze drukte hem stevig tegen zich aan.

'Kom, tijd om patatjes te bakken. Ik heb honger, jij ook?'

'Lekker, patatjes,' zei Dion.

Toen hij over zijn buik wreef moest oma lachen. Ze zette hem weer in de gemakkelijke stoel voor de televisie.

'En nu blijven zitten, hè?'

In de keuken wiste oma met een zakdoek het zweet van haar voorhoofd. 'Vertel maar niks aan je vader en moeder,' mompelde ze, meer tegen zichzelf dan tegen Dion.

'Ze zijn toch al zo gauw boos op mij. Ze vinden dat ik me te veel met de opvoeding bemoei, maar ik zeg het gewoon als ze weer eens geen tijd voor hem hebben. Dat moet toch kunnen? Dion is toevallig wel mijn kleinzoon.'

Het deed oma goed dat hij zoveel had gegeten. Als Dion
bij haar logeerde, maakte ze bijna altijd zijn lievelings-
eten klaar.
Toen ze eventjes later naar hem keek, zag ze dat hij in
slaap was gevallen. Op zijn voorhoofd parelden zweet-
druppeltjes en zijn wangen waren vuurrood.
'Het is ook veel te warm,' zuchtte oma, 'zelfs te warm om
naar bed te gaan.'
Ze liep zacht naar de balkondeur en zette hem wijdopen,
maar buiten was het ook nog drukkend warm. Er stond
geen enkel zuchtje wind. In gedachten verzonken bleef
oma een ogenblik op het balkon staan. Ze voelde zich
niet op haar gemak. Of het nu door het weer kwam of
door de schrik met de frituurpan? Omdat ze naar bene-
den staarde, zag ze niet de dreigende, inktzwarte lucht in
de verte die langzaam dichterbij kwam.

4 Hand in het donker

Dion draafde achteraan de groep over het natte voetbalveld. Hij snapte niet waarom een keeper zoveel moest
lopen. De doorweekte grond leek zich aan zijn voetbal-
schoenen vast te zuigen.

Tom liet zich terugzakken en kwam naast hem lopen. 'Kun
je het wel bijhouden, dikzak?'

'Pas maar op dat ik je niet omverblaas, spriet!' antwoordde Dion hijgend. Hij vond zichzelf helemaal niet zo dik,
stevig misschien, maar dat was heel wat anders. Dat was
juist wel goed voor een keeper.

'Dat was lachen vanmiddag, hè?' ging Tom verder.

'Een beetje kinderachtig van die achterband,' antwoordde
Dion.

'Kinderachtig? Dat heb jij ook wel eens gedaan en toen
vond je het hartstikke leuk.'

'Het is niet grappig als je voor niks de schuld krijgt,' zei
Dion.

'Nou en, dat mens is toch stapelgek. Heb je ons niet

gezien? We zaten achter die blauwe wagen verstopt toen ze uit de supermarkt kwam. We waren slap van het lachen.'

Dion zag voor zich hoe Heksemie met de fiets aan haar hand moest teruglopen.

'Dat leek trouwens de tas van Heksemie wel die aan jouw stuur hing. Gingen jullie samen boodschappen doen?' Tom begon alweer te lachen.

'Je bent gestoord, man,' hijgde Dion, 'heb je wel eens van toeval gehoord?'

'Héksemie is gestoord,' zei Tom, 'anders ga je 's nachts niet rondfietsen. Sommige kinderen zijn doodsbenauwd voor haar. Martijn en ik willen haar voor eens en voor altijd een lesje leren. Wat denk je ervan, heb je zin om mee te doen?'

'Ik weet het niet.'

'Je bent toch niet bang voor haar?'

'Voor Heksemie zeker? Laat me niet lachen, man.'

Tom kwam dichter naast hem lopen. 'Of vind je haar wel lief, dikke?' vroeg hij met een grijnslach. 'Martijns moeder zegt dat ze hartstikke rijk is. Ze wil heel graag weten wat je bij haar uitspookt.' Onverwacht gaf hij Dion een schouderduw waardoor die bijna zijn evenwicht verloor.

'Geen gerotzooi daar achteraan!' riep de trainer.

Blind van woede wilde Dion hem een duw teruggeven, maar Tom ging er al vandoor. Nog net kon Dion hem een trap tegen zijn hak geven. Tom struikelde en gleed voorover door de modder.

'Naar binnen, jullie allebei!' brulde de trainer.

Achter elkaar liepen de twee jongens naar de bestuurskamer. Hun haren waren nog nat van het douchen. Tom had zich heel lang moeten schrobben voordat hij helemaal schoon was. Hij was van onder tot boven besmeurd met modder, zelfs zijn neus was pikzwart. Stiekem moest Dion daar een beetje om lachen.

Zwijgend gingen ze in de bestuurskamer zitten, ieder aan een kant van de vergadertafel. Dion keek naar de muur tegenover hem waaraan foto's van elftallen hingen die kampioen waren geworden. Sommige foto's waren al behoorlijk oud. Naast het raam hing een grote prijzenkast vol vaantjes, bekers en andere glimmende attributen.

Eindelijk kwam de trainer binnen. Hij ging aan het hoofd van de tafel zitten en keek de jongens om de beurt onderzoekend aan. 'Wat was dat nou voor kinderachtig gedoe?' begon hij. 'Jullie zitten in hetzelfde team, dan maak je toch geen ruzie?'

'Hij duwde mij,' zei Dion.

'Hij liet me struikelen!' riep Tom.

De trainer zuchtte. 'En waarom was dat?'
Het werd weer stil. Dion keek langs het hoofd van de trainer naar een foto aan de muur. Nu hij beter keek, wist hij het zeker. De keeper die vooraan gehurkt zat, was zijn vader! Wat was hij toen nog dun, dacht Dion, en wat had hij nog veel haar.
Onderaan de foto stond de datum, dat was meer dan zeven jaar geleden. Het klopte, dat was de enige keer dat zijn vader kampioen werd met zijn elftal. Hij had dat verhaal al honderden keren gehoord, maar deze foto had hij nog nooit gezien. Zijn blik verschoof van het elftal naar de mensen die eromheen stonden. Ineens bleven zijn ogen rusten op een klein, stevig jochie met een oranje petje op zijn hoofd. Hij zat op de schouders van een vrouw met kort haar dat al grijs begon te worden. Ze lachte en keek trots. Dat ben ik, bedacht Dion zich, maar dan... dan moet die vrouw oma zijn! Hij staarde naar haar gezicht. Het was een wit gezicht, maar met volle wangen. Achter haar bril glommen vrolijke ogen.
Op de achtergrond hoorde hij de stem van de trainer. 'Dus aan wie bied jij je excuses aan, Tom?'
'Aan Dion,' klonk het met tegenzin.
'Prima, en jij Dion, aan wie bied jij dan je excuses aan?'
'Aan mijn oma,' mompelde Dion zonder na te denken.

Dion trapte stevig door, hij had er een hekel aan om in
het donker te fietsen. Zaterdag moest hij voor straf op de
reservebank zitten, omdat de trainer dacht dat hij hem
voor de gek hield. Dat was helemaal niet zo, het was
gewoon een verspreking. Hij dacht aan de herfstvakantie
die aanstaande zaterdag ook begon. Normaal gesproken
trok hij dan de hele week met Tom en Martijn op, maar
daar had hij nu helemaal geen zin in.
Wat moest zijn vader veel verdriet hebben gehad toen hij
hoorde van oma's ongeluk. Daarom praatte hij er natuurlijk nooit over. Dat maakte het ongeluk een beetje
geheimzinnig, net als de vlek in zijn hals. Daarvan wist
hij nog steeds niet precies hoe hij eraan gekomen was.
Als hij ernaar vroeg kreeg hij altijd een ontwijkend antwoord.
Waarom moest hij bijna altijd aan Heksemie denken als
hij zich oma probeerde te herinneren? Hij hoopte dat hij
haar niet tegenkwam in het donker. Nu helemaal niet, nu
ze zo boos op hem was. Hij geloofde niet in geheime
krachten en zo, maar in het donker leek alles anders.
Zwetend van het harde trappen sloeg hij de hoek om naar
de straat waar hij woonde. Hij was opgelucht dat hij bijna
thuis was. Bij het pleintje ging hij linksaf, zodat hij bij
het pad achter hun huis uitkwam. Vlak voor de ingang

kneep hij plotseling hard in de remmen. Hij tuurde in een
zwart gat, de lamp van de lantaarnpaal halverwege het
pad was uitgevallen.
'Doe niet zo kinderachtig,' mompelde hij tegen zichzelf.
Het duurde even voordat hij genoeg moed had verzameld
om verder te lopen.
Zonder dat er iets gebeurde kwam hij bij het schuurtje
aan. Hij knipte het licht aan en zette zijn fiets tegen de
muur. Wat ben ik eigenlijk een aansteller, dacht hij, het
lijkt wel of ik tegenwoordig overal spoken zie.

Op het moment dat hij het tuinhekje wilde openduwen, voelde hij een hand op zijn schouder. Het was alsof er een elektrische schok door zijn lijf heen ging. Er klonk gefluister vlak bij zijn oor. Uit zijn mond ontsnapte een schrille kreet, weg was hij al, het hekje door, de tuin in. Hij vloog de helverlichte keuken in en draaide de deur vliegensvlug op slot. Toen hij eindelijk naar buiten durfde te kijken, was er niemand meer te zien.

Vijf minuten voor half zeven

Om Dion niet wakker te maken, liep oma op haar tenen
naar binnen. Uit de keukenla pakte ze een pakje sigaretten en een zilverkleurige aansteker. Ze liep ermee terug
naar het balkon. Natuurlijk rookte ze niet binnen als
Dion er was. Toen oma een sigaret aanstak, waaide het
vlammetje bijna uit door een windvlaag. 'Eindelijk verkoeling,' zuchtte ze.
Haar zoon, Dions vader, vond het onverstandig dat ze
rookte. Eigenlijk wilde ze ook wel stoppen, maar dat was
gemakkelijker gezegd dan gedaan.
Met toegeknepen ogen van de sigarettenrook staarde ze
in de verte. Ze dacht aan Dion, zoals ze bijna voortdurend aan hem dacht. Door hem voelde ze zich niet meer
zo eenzaam. Dat kereltje is altijd vrolijk en uitgelaten,
dacht ze. Toen pas zag ze de dreigende, donkere wolken
aan de horizon. 'Het zou me niet verbazen als we onweer
krijgen,' mompelde ze.
Opnieuw stak er een flinke windvlaag op. Plotseling
schoot haar iets te binnen: alle bovenramen bij Dion
thuis stonden nog open. Straks werd het misschien noodweer, dan waaide alles kapot. Ze aarzelde, ze had een
huissleutel.

*Kon ze Dion een ogenblik alleen laten of zou ze hem mee-
nemen?*

*Ze keek achterom, de kamer in waar Dion met zijn hoofd
tegen de rugleuning lag te slapen. Zo te zien was hij diep
in slaap. Als ze opschoot, kon ze binnen een kwartier
terug zijn. Ze zouden haar dankbaar zijn. Het kon waarschijnlijk geen kwaad hem heel even alleen te laten. Als
hij eenmaal sliep, kon je een kanon naast hem afschie-
ten, maar dan moest ze niet langer aarzelen.*

*Haastig drukte ze haar sigaret uit en trok voorzichtig de
balkondeur achter zich dicht. Ze speurde nog even snel de
kamer rond. Wat kon er gebeuren als Dion per ongeluk
toch wakker werd? De frituurpan had ze al opgeruimd,
dat gebeurde haar geen tweede keer meer. Nee, verder
was er niets, opschieten nu. Haar sigaretten en de aansteker legde ze snel in de glazen asbak op de eettafel.*

*In de hal trok ze voor alle zekerheid haar jasje aan. Haar
sleutels zaten in de linkerzak, mooi. Nog eenmaal keek ze
naar Dion. 'Oma is gauw terug, knuffelbeer, ' fluisterde
ze. Toen verdween ze naar buiten.*

5 Onweer

'Wanneer ga je nu eindelijk je muts eens ophalen bij
Evelien?' vroeg Dions moeder aan Sofie.
Sofie wierp een blik op Dion die het verstandiger vond
niets te zeggen. Op dat moment rinkelde de telefoon.
Toen haar moeder wegliep, fluisterde Sofie: 'Wat moet ik
doen?'
'Die stomme muts ook,' zei Dion.
'Jij durft hem niet op te halen, hè?'
Dion dacht aan gisteravond, toen hij in het pikkedonker
voor het tuinhekje stond. Het was alsof hij de hand van
Heksemie opnieuw op zijn schouder voelde.
'Natuurlijk durf ik dat wel,' zei hij.
'Waarom heb je hem dan nog niet terug?'
'Omdat eh... omdat...'
'Zie je wel, je weet geen goed antwoord, bangerik.'
'Zeur toch niet zo, mens, dan ga ik nu toch.' Hij draaide
zich boos om en liep weg.
Toen Dion de straat uitfietste, had hij alweer spijt van

zijn woorden. Als hij kwaad was, zei hij altijd van die domme dingen.

Voor het huis van Heksemie remde hij af. Hij dacht aan de geheime kamer waar de moeder van Martijn zo nieuwsgierig naar was en hijzelf ook. Hij dacht ook aan de poes die Nikkelus Dukkelus heette en aan Heksemie die griezelig, maar ook een beetje zielig was. Plotseling merkte hij dat iemand naast hem stopte.

'Het was jouw schuld niet van die achterband,' zei Heksemie, terwijl ze afstapte.

'Wat?' Dion was te overrompeld om meer te kunnen zeggen.

'Het was de schuld van die twee jongens. Ik zag ze lachen en hard wegrennen.'

'Oh, en nu dan?'

'Ik moet niet vervelend zijn. Ik geloof dat ik de muts maar teruggeef.'

Ze stonden tegenover elkaar in de keuken.

Heksemie priemde met haar wijsvinger in zijn richting. 'Ik weet dat je me niet bepaald aardig vindt. We moeten eerlijk zijn, of niet soms?' Ze leek een antwoord te verwachten, maar Dion bleef zwijgen.

'Maar daarom kunnen we nog wel op een fatsoenlijke manier afscheid van elkaar nemen.'

Heksemie trok de deur van de koelkast open en haalde het pak nasi tevoorschijn. 'Dit wordt ons afscheidsmaal heb ik bedacht, omdat je het thuis bijna nooit eet.'

Dat ze dat nog weet, dacht Dion. Hij keek naar de smerige vaat en dacht tegelijkertijd terug aan de kop thee. Hij was ervan overtuigd dat hij geen hap door zijn keel zou kunnen krijgen, maar hoe kon hij weigeren zonder haar kwaad te maken? Misschien wilde ze dan ook de muts niet meer teruggeven.

'Afgesproken,' zei hij opeens, 'dan doe ik de afwas.'

'Dat is helemaal niet nodig.'

'Ik vind het hartstikke leuk werk,' verzon hij.

Hij vond een afwasborstel in het aanrechtkastje. Daar stond ook een onaangebroken fles afwasmiddel.

'Merkwaardige jongen,' mompelde Heksemie.

Met veel moeite lukte het Dion om eerst een grote koekenpan schoon te maken.

Heksemie zette de pan op het vuur. Voordat ze begon te bakken, duwde ze de keukendeur wijdopen.

Toen Dion na een tijdje opkeek, ontdekte hij buiten voor de keukendeur Nikkelus Dukkelus. Ze staarde hem onafgebroken aan alsof ze hem niet vertrouwde.

Hoepel op, dacht Dion, je maakt me doodzenuwachtig met je geloer. Hij had een hekel aan poezen, vooral aan dikke, zwarte poezen die jacht maakten op onschuldige vogeltjes. Toen Heksemie de keuken uitliep, aarzelde hij geen seconde. Haastig vulde hij een grote beker met koud water.

'Alsjeblieft Nikkelus Dukkelus,' riep hij, 'een cadeautje van mij!'

Hij zwaaide het glas naar achteren en gooide het water naar de poes. Het was een voltreffer. De geschrokken poes slaakte een schorre kreet en schoot weg, de struiken in. Pas toen Dion zich tevreden weer omdraaide, zag hij Heksemie staan.

'Je kunt het treiteren niet laten, hè? Als ik een kat was, dan wist ik wel. Dan krabde ik je hele gezicht...' Ze maakte haar zin niet af, maar slofte mopperend naar de sissende koekenpan.

Heksemie had de borden op het ouderwetse tafelkleed gezet. Tijdens het eten gluurde Dion af en toe naar haar gezicht, haar boze bui leek wat gezakt te zijn. Dat kwam waarschijnlijk door het limonadeglas dat ze tot de rand met wijn had volgeschonken. Om de haverklap nam ze er een grote slok uit.

Er was iets wat Dion niet begreep. Als Heksemie wist dat hij haar band niet had laten leeglopen, waarom stond ze

hem gisteravond dan in het pikkedonker op te wachten?
Vond ze het gewoon leuk om hem de stuipen op het lijf te
jagen of wilde ze misschien de muts toen al teruggeven?
Hij durfde het eigenlijk niet te vragen

Heksemie legde haar vork een ogenblik neer en keek hem
aan. 'Als je die muts terug hebt gekregen, zullen we
elkaar wel niet meer ontmoeten.'

'Ach,' antwoordde Dion, 'misschien zie ik u nog eens rondfietsen. U vindt het toch prettig om 's avonds te fietsen?
Gisteravond was u ook bij mij in de buurt. Ik wou alleen
weten waarom u...'

'Ik houd van de duisternis, 'onderbrak ze hem, 'en ik moet
Obe zoeken.'

Het rommelde in de verte.

'Onweer in de herfst,' mompelde Heksemie, 'dat betekent
niet veel goeds. Ik heb een hekel aan onweer, jij?'

Dion knikte heftig. Het werd plotseling donker buiten. Hij
hoorde dat de bui snel dichterbij kwam. Bij een felle blik-
semflits kromp hij in elkaar. Bijna op hetzelfde moment
viel de regen met bakken uit de lucht.

'Zal ik je vertellen wat ik altijd doe als het onweert?' zei
Heksemie. 'Dan ga ik onder de tafel zitten.'

Meteen daarop klonk er zo'n harde donderklap dat de
ramen ervan rinkelden. Heksemie liet zich van haar stoel

afglijden en verdween onder de tafel. Onmiddellijk volgde Dion haar voorbeeld.

Bij de volgende donderklap greep Heksemie zijn hand vast. 'Je zult je oma wel missen,' zei ze onverwacht. 'Ik had ook wel oma willen zijn.' Ze staarde naar zijn hals. 'Hoe ben je toch aan die vlek gekomen?'

Dion antwoordde niet. Normaal gesproken zou hij zijn hand terugtrekken, maar nu vond hij het geen probleem. Hij tuurde om zich heen, naar de kale stoelpoten en naar de punten van het tafelkleed die naar beneden hingen. In zijn hoofd doemden nieuwe beelden op. Buiten rolde de ene na de andere donderklap door de lucht. Hij zat onder een tafel, maar hij was helemaal alleen. Hij had iets in zijn handen waarmee hij speelde, al kon hij zich niet meer herinneren wat het was. Daarna verschenen er andere beelden. Het leek alsof hij vlammen zag en er kwam een vreemde lucht in zijn neusgaten.

Iemand kneep stevig in zijn hand. 'We hoeven nu niet bang te zijn,' zei Heksemie, 'we zijn per slot van rekening samen.'

Maar Dion voelde wel angst, al wist hij niet precies waar die angst vandaan kwam.

Kwart voor zeven

Dion droomde dat het onweerde en dat hij alleen thuis was. Bij de volgende donderslag opende hij knipperend zijn ogen. Zijn voorhoofd glom van het zweet. Toen er opnieuw een donderslag volgde, begreep hij dat hij niet droomde. Het onweerde echt. Langzaam drong tot hem door dat hij bij oma thuis was.

'Oma!' riep hij angstig. Nog steeds versuft van de slaap liet hij zich van de stoel afglijden, maar oma was niet in de kamer.

'Oma, waar ben je nou?' Hij liep naar haar slaapkamer, maar ook daar was ze niet, zelfs niet onder het bed. Een gemene bliksemschicht verlichtte de kamer.

Toen de volgende donderklap kwam, duwde hij zijn handen tegen zijn oren en liep de hal in. Voor de deur van het toilet stopte hij.

'Moet je weer plassen, oma?' Zonder op antwoord te wachten trok hij de deur open, niemand.

Dion rende de woonkamer weer in. Een rollende donder liet de ruiten rinkelen. Van schrik viel Dion bijna om. Hij kon nog net het tafelkleed vastgrijpen. Daardoor viel de asbak met de sigaretten en de aansteker op de grond. In een opwelling kroop Dion onder de tafel.

'Niet huilen,' zei hij dapper tegen zichzelf.
Met zijn handen opnieuw tegen zijn oren geklemd bleef
hij ineengedoken zitten. Hij zag het tafelkleed aan één
kant naar beneden hangen. Aan alle kanten was hij
omsingeld door stoelpoten.
Wat was dat? Vlak voor hem op de vloerbedekking zag hij
iets glimmen. Nieuwsgierig kroop hij op zijn knieën dichterbij. Het was de zilverkleurige aansteker van oma. Hij
pakte de aansteker en wreef erover met zijn wijsvinger.
Oma had een keer voorgedaan hoe het werkte. Na een
paar keer floepte er een vlammetje uit.
Dion kon er niet genoeg van krijgen en bewoog het vlammetje voor zijn gezicht. Als hij zacht blies, begon het
vlammetje te dansen. Je kon ook met de aansteker zwaai-
en. Dan was het net alsof je een heleboel vlammetjes
had. Het was zo spannend dat hij het onweer bijna vergat.
Hij zwaaide steeds wilder met de aansteker. Met zijn
hand kwam hij een paar keer tegen een van de punten
van het tafelkleed aan. Toen begon hij een vreemde lucht
te ruiken. Dion keek om zich heen waar het vandaan
kwam.
Plotseling zag hij rook.

6 Nikkelus Dukkelus

Dion zat aan tafel en bladerde in een ander fotoalbum.
Hij kwam foto's van zichzelf tegen, als baby en later als
peuter, maar niet van oma. Op sommige bladzijden zag hij
lege plekken, net als in het vorige fotoalbum.
'Mam, hebben jullie er soms foto's van oma uitgehaald?'
Het leek alsof ze even schrok. 'Hoe kom je opeens aan die
flauwekul?' antwoordde ze geprikkeld.
'Omdat jullie zo geheimzinnig over haar doen.'
Hij zag dat zijn vader en moeder elkaar snel aankeken.
'Dat verzin je zelf,' zei zijn vader. 'Het is gewoon niet iets
waar je gemakkelijk over praat.'
'Eerlijk gezegd maak ik me een beetje zorgen over jou,'
voegde zijn moeder eraan toe. 'Je bent de laatste tijd
anders dan anders. Gisteravond heb je ook bijna niets
gegeten.'
Vind je het gek? dacht Dion. Ik had net twee volle borden
nasi op bij Heksemie. 'Waarom praten jullie zo weinig over
oma?' hield hij vol.

'Wat denk je dan?' antwoordde zijn vader. 'Het was een moeilijke periode voor ons.'

Dion zag de vreemde blik in zijn vaders ogen. 'Maar toch wil ik...' probeerde hij verder te gaan.

'Genoeg gepraat hierover,' onderbrak zijn vader hem, 'ik wil het er niet meer over hebben, punt uit!'

Dion durfde niets meer te vragen. Zwijgend bladerde hij verder in het fotoboek. Toen de telefoon overging, nam zijn moeder op.

'Iemand voor jou,' zei ze plotseling terwijl ze met haar hand de hoorn bedekte, 'ze klinkt als een oudere dame.'

Verbaasd pakte hij de telefoon aan. 'Met Dion.'

Meteen herkende hij de opgewonden stem van Heksemie. 'Je moet onmiddellijk hierheen komen,' schetterde ze in de hoorn.

Dion stond op en liep met de telefoon de gang in. Met een schuin oog keek hij naar de muts van Sofie die aan de kapstokhaak hing. 'Wat is er dan gebeurd?'

'Nikkelus Dukkelus is verdwenen, sinds gistermiddag toen jij water naar haar... je moet me helpen zoeken. Ik ben bang dat haar iets is overkomen, ik begrijp niet...'

'Goed, ik kom er ogenblikkelijk aan,' zei Dion. Ergens van-binnen kreeg hij een akelig voorgevoel, maar hij probeer-de er geen aandacht aan te schenken.

50

'Je hebt haar laten schrikken met dat water,' zei
Heksemie. 'Ze is gaan zwerven en toen is ze natuurlijk
onder een auto gekomen.'
'Ze komt wel terug,' probeerde Dion haar gerust te stellen,
'ik ga wel even zoeken.'
Hij fietste kriskras door de stille straten in de buurt.
'Nikkelus Dukkelus!' schreeuwde hij zo nu en dan. Maar de
dikke zwarte poes was nergens te ontdekken.
Toen hij bij een plantsoentje kwam, stopte hij. Dit was
echt een plek voor poezen om zich te verstoppen,
bedacht hij.
'Nikkelus Dukkelus,' schreeuwde hij, 'luie dikzak, kom
tevoorschijn!'
Vanachter de struiken dook een dikke man met een schof-
fel op. 'Bedoelde je mij soms, brutale aap? Hoe noemde je
mij, Dikkebus Pukkelbus of zoiets? Ik laat me echt niet
door jou uitschelden.'
'Ik riep de poes,' zei Dion geschrokken, 'echt waar, die
heet Nikkelus Dukkelus.'
'Maak dat de kat wijs.' Toen de man dreigend op hem
afkwam, fietste Dion snel weg.
Uiteindelijk kwam hij op het smalle straatje achter het
huis van Heksemie uit. Daarnaast liep een brede sloot
waarlangs hier en daar struiken groeiden.

Het akelige gevoel in zijn buik werd sterker.

Vanaf de slootkant tuurde hij in het troebele water. Elk moment verwachtte hij een zwart, harig poezenlijf te zien drijven, maar hij zag alleen waterplanten en een witte plastic fles. Met de fiets aan de hand liep hij even later de achtertuin van Heksemie in.

Hij zette zijn fiets tegen het verveloze houten schuurtje. Daarna liep hij in de richting van het huis, maar halverwege bedacht hij zich. Het leek of hij een geluid hoorde in het schuurtje. Al kon de poes daar helemaal niet zijn, dacht hij. De deur was gesloten en het kleine raam aan de zijkant kon zo te zien niet eens open.

De deur klemde toen hij eraan trok, maar na een harde ruk ging hij krakend open. Even moesten zijn ogen wennen aan de duisternis voordat hij iets kon onderscheiden. Behalve wat tuingereedschap en een kruiwagen met een lekke band stond er bijna niets in. Alleen tegen de achterwand bungelde iets.

Met een hand voor zijn mond slaakte hij een gesmoorde kreet. Nikkelus Dukkelus zat gevangen in een visnet dat aan een dwarsbalk van het dak was opgehangen. De poes keek hem met van angst uitpuilende ogen aan, ze was totaal uitgeput.

Dion was zo geschrokken dat hij het liefst wilde wegrennen, maar toen zag hij nog iets. Op het visnet was een
geel papiertje geplakt. Hij dwong zichzelf om het papiertje los te peuteren. Buiten las hij wat erop stond.

WAARSCHUWING!!!!
WIJ WILLEN GEEN HEKSEN IN ONZE BUURT!
OPHOEPELEN, ANDERS...

Dions hand trilde toen hij het papiertje in zijn zak stopte. Hij wilde niet dat Heksemie haar poes zo zag hangen. Op zijn tenen kon hij net bij de spijker in de dwarsbalk waaraan het visnet was vastgehaakt. Omdat zijn handen nog trilden, duurde het lang voordat hij het net had losgepeuterd. Al die tijd deed hij zijn best om niet naar de uitpuilende ogen van de poes te kijken. Eindelijk plofte Nikkelus Dukkelus vlak voor zijn voeten op de grond.

Dion droeg haar snel naar buiten en hurkte bij haar neer. Het was nog niet eenvoudig om het net open te maken. Toen het eindelijk lukte, sprong Nikkelus Dukkelus overeind. Ze liep trekkend met haar ene achterpoot weg en verdween in de struiken. Het was duidelijk dat ze pijn had. Dion wilde achter haar aan rennen, maar toen ontdekte hij Heksemie die hem van een afstand stond aan te staren. 'En ik begon nog wel te geloven dat jij anders was!' riep ze met overslaande stem. Ze draaide zich om en liep in de richting van de struiken waarin de poes was verdwenen. Halverwege keek ze Dion over haar schouder aan. 'Dat arme beest heeft jou niets gedaan!' riep ze. 'Hiervoor zul je gestraft worden, dierenbeul!'

Je vergist je, dacht Dion, zoiets zou ik nooit doen. Op hetzelfde moment begreep hij wie de schuldigen waren.

Veertien minuten voor zeven

Oma stond ongeduldig voor het rode verkeerslicht te wachten. Op het klokje in de auto zag ze dat het al kwart voor zeven geweest was. De ruitenwissers zwaaiden onophoudelijk heen en weer. Ze was nog op tijd om de bovenramen en het dakraam te sluiten, maar kort daarna begon het te onweren en te regenen. Arme jongen, dacht ze, hopelijk slaap je gewoon door. Maar wat als hij wel wakker was geworden? Misschien was hij wel in paniek geraakt, zo helemaal alleen in het huis en dat met dit noodweer.

Als Dions moeder hoorde dat ze Dion alleen had gelaten met dit weer, zou ze verschrikkelijk kwaad worden. Oma herinnerde zich die keer dat haar schoondochter en Arnold boos bij haar thuis waren weggelopen. Dion had per ongeluk in zijn broek geplast, omdat hij veel limonade had gedronken. Ze begonnen tegen hem te schreeuwen. Toen oma die angstige blik in Dions ogen zag, voelde ze medelijden met die kleine knuffelbeer. 'Jullie moeten niet zo snel boos op hem worden,' had ze gezegd. 'Hij krijgt al zo weinig aandacht van jullie.' Toen zei haar schoondochter met ogen die vuur spuwden: 'Hoe durf je je met onze opvoeding te bemoeien? Nog één keer en je

*ziet ons niet meer terug!' Ze waren vertrokken zonder nog
iets te zeggen. De volgende dag was oma met een bos
bloemen op bezoek gegaan en had haar excuses aangebo-
den. Ze moest er niet aan denken om Dion nooit meer te
zien.*

*Groen, eindelijk! Ze gaf onmiddellijk een dot gas en
schoot zo hard weg dat het regenwater onder de autoban-
den opspatte. Oma hield van hard rijden, maar nu was
het ook echt nodig. Toen ze door de laatste bocht naar
haar flat scheurde, slipte de achterkant van de auto even
weg. Vlak voor de flat remde ze met piepende banden af.
Hijgend en zwetend kwam ze even later uit de lift tevoorschijn. Misschien was Dion nog in diepe slaap en was er
niets aan de hand. Even luisterde ze aan de voordeur. Ze
hoorde niets op het bonken van haar hart na. Opgelucht
haalde ze adem.*

*Voorzichtig draaide ze de sleutel om en duwde zachtjes de
deur open. Het was nog steeds stil. Plotseling rook ze een
vreemde lucht. Ze kon het niet onmiddellijk thuisbren-
gen, maar toen begreep ze het: rook! Toen ze een kinder-
schreeuw hoorde, liet ze van schrik haar sleutelbos vallen.*

7 Twee bruine schoenen

Dion staarde naar het televisiescherm, maar hij zag niets.
Hoe konden Tom en Martijn zo'n gemene streek uithalen?
dacht hij. Goed, Heksemie was een rare vrouw. Zelf had
hij het ook altijd grappig gevonden om haar te pesten,
maar een poes in een visnet ophangen? Zoiets doe je
gewoon niet, stelletje lafaards.
Heksemie was helemaal over haar toeren geweest. Ze had
de doodsbange Nikkelus Dukkelus ergens onder een struik
gevonden en zich samen met haar in die geheime kamer
opgesloten. Toen Dion wilde aankloppen, hoorde hij
vreemde geluiden uit de kamer komen. Eerst dacht hij dat
het de poes was, maar toen begreep hij dat het Heksemie
moest zijn. Hij wist niet hoe snel hij ervandoor moest
gaan. Het ergst van alles was dat Heksemie hem de schuld
gaf. Hij was bang voor haar wraak, heel bang.
'Dan gaan we maar!' klonk de stem van zijn moeder.
Dion schrok op uit zijn gedachten. Hij zag zijn vader en
moeder met hun jas aan in de deuropening staan.

'Sofie is al in slaap gevallen,' zei zijn moeder.

Zijn vader keek op zijn horloge. 'Je mag wel wat paprika-chips nemen.'

Zodra Dion buiten de auto hoorde wegrijden, stond hij op. Nu kon hij zijn plan uitvoeren om foto's van oma te zoeken. Hij was ervan overtuigd dat die ergens moesten zijn. Op kousenvoeten sloop hij de trap op.

Zijn vader had de zolder pas nog opgeruimd. Hij kon niet goed tegen troep. Onder het grote dakraam stond een bureau met een computer. Verder stond er niet veel: een droogmolen voor het wasgoed, een logeerbed en de hometrainer van zijn vader om zijn buik weg te werken. Al was daar nog niet veel van te merken.

Dion liep naar het houten schot dat zijn vader tegen een van de schuine kanten had getimmerd. Hij wist dat daarachter allemaal kartonnen dozen werden bewaard. De eerste doos was loodzwaar van alle boeken die erin zaten. Hij maakte de tweede open: alleen maar doosjes met gloeilampen, stekkers en elektriciteitsnoeren. In de volgende doos vond hij oude schoolspullen van zijn moeder, maar geen foto's. Helemaal onderin lag een grote bruine envelop waarop zijn naam was geschreven.

Nieuwsgierig schudde hij de inhoud van de envelop op de grond. Er kwamen tekeningen en kleurplaten tevoorschijn die hij als klein kind had gemaakt. Glimlachend begon Dion ze een voor een te bekijken. Hij leek vergeten te zijn dat hij eigenlijk op zoek was naar foto's.

Toen hij een kleurplaat van een clown met ballonnen opraapte, voelde hij dat aan de achterkant iets zat vastgeplakt. Het was een kaart met een speelgoedbeer op de voorkant, het leek op een verjaardagskaart. Voorzichtig peuterde hij de kaart los en bekeek de andere kant. Hij las zijn naam en zijn adres. Aan de linkerkant was nog meer geschreven. Het was een kaart van oma, zag hij.

> Lieve knuffelbeer,
> Ik zal je missen.
> Je bent alles voor me!
> Voor altijd je oma.

Wanneer heeft oma deze kaart geschreven? vroeg Dion zich af. De datum van het poststempel was onleesbaar geworden. En waarom hadden pap en mam de kaart nooit aan hem gegeven? Hij draaide de kaart weer om en staarde peinzend naar de vrolijke speelgoedbeer.

Hij schrok op toen de voordeurbel ging. Zijn vader en moeder wilden niet dat hij opendeed als ze 's avonds uit waren, maar misschien was het de buurvrouw. Met de kaart van oma nog in zijn hand liep hij de trap af.

Toen hij beneden in de gang was, ging de bel nog een keer. Onmiddellijk daarna bonsde iemand ongeduldig op de deur. Dion strekte zijn arm al om open te doen, maar op het laatste moment aarzelde hij. De buurvrouw bonsde nooit op de deur. Hij had plotseling het gevoel dat er iets niet klopte.

Geruisloos liet hij zich vlak voor de deur op zijn knieën zakken. Met zijn linkerhand duwde hij centimeter voor centimeter de brievenbusklep open. Het was te donker om veel te kunnen onderscheiden. Hij zag iets wat leek op de onderkant van een zwarte jas of een zwarte rok, waaronder twee dunne benen uitstaken. Nog verder naar beneden zag hij twee bruine instapschoenen. Dion wist genoeg. Heksemie was gekomen om wraak te nemen!

Dion rende de trap weer op. Zolang hij niet opendeed, kon er niets gebeuren. Hij hoopte dat ze na een tijdje vanzelf zou vertrekken.

Toen hij op de overloop kwam, hoorde hij het angstige stemmetje van Sofie. 'Ben jij dat, Dion?'

Hij liep haar slaapkamer in. 'Natuurlijk ben ik dat,' antwoordde hij. 'Werd je wakker van de voordeurbel?'

'Ja, ik schrok. Wie was dat?'

'Niemand,' antwoordde hij, 'ik zag niemand. Gewoon belletje lellen, volgens mij.'

Sofie begon opgelucht te lachen. 'Zeker die klierjongen van de overkant.'

'Dat geloof ik ook, ga maar weer slapen.'

'Wat heb je daar in je hand?'

'Oh, niks bijzonders, een oude verjaardagskaart die ik vond, welterusten.'

Hij sloot de deur zacht achter zich en liep de trap op naar zolder. Halverwege stopte hij even om te luisteren, alles was stil. Heksemie had het natuurlijk opgegeven.

Op zolder zocht Dion verder naar foto's van oma, maar hij was er met zijn gedachten niet bij. Stel je voor dat Heksemie nog steeds om het huis rondsloop, wachtend op een mogelijkheid om naar binnen te glippen, maar dat kon gelukkig niet. De voordeur was dicht, net als de achterdeur... Zijn hart begon opeens als een razende te bonzen, was de achterdeur eigenlijk wel op slot? Hij had er zelf niet op gelet en hij wist ook niet of zijn ouders de achterdeur op slot hadden gedraaid. Hij wist alleen dat ze laat waren en haast hadden om weg te komen.

Zo snel mogelijk sloop hij naar beneden tot hij in de gang was. Hij hoorde het tuinhekje piepend opengaan. Dion moest zich bedwingen om niet te gaan schreeuwen.

Hij stormde in de richting van de keukendeur en duwde bliksemsnel de twee klemmen naar beneden. Hijgend drukte hij zich plat tegen de muur naast de deur. Hij wilde niet dat Heksemie hem zag.

Een paar seconden later ging de deurkruk traag naar beneden, iemand duwde tegen de keukendeur! Door het openstaande bovenraampje hoorde Dion een geluid waardoor zijn nekharen rechtovereind gingen staan. Het was een griezelige heksenstem. 'Dion,' fluisterde de stem schor, 'Dion, ik weet dat je daar bent.'

Langzaam draaide hij zijn hoofd in de richting van de deur. Nog net kon hij zien hoe er een neus tegen het glas van de keukendeur werd gedrukt.

Op de trap klonken lichte voetstappen. 'Dion,' riep Sofie, 'ik ben bang! Waar ben je?'

Dion durfde geen antwoord te geven. Hij zag hoe zijn zusje op blote voeten de gang in kwam trippelen, op weg naar de keuken. Met zijn hand maakte hij driftige gebaren dat ze weg moest gaan.

'Waarom sta je daar?' vroeg ze verbaasd.

Toen pas ontdekte Dion dat het gezicht achter het glas was verdwenen. Hij probeerde zijn opluchting te verbergen. 'O, ik sta gewoon wat na te denken,' mompelde hij. En dat was nog waar ook.

8 Wraak

Dion wist maar één manier om de wraak van Heksemie te kunnen ontlopen. Ze moest weten wie de echte daders waren. Daarom had hij een plannetje bedacht.

Martijn deed zelf open toen hij aanbelde. 'Hé, Vleknek, de nieuwe vriend van Heksemie!' riep hij spottend. 'Ben je soms door haar gestuurd?'

'Doe even normaal,' antwoordde Dion, 'ik heb net zo'n hekel aan die heks als jij. Ik wou alleen zeggen dat ik het hartstikke goed vond van jullie.'

'Wat bedoel je?'

'Wat jullie met die kat hebben uitgehaald.'

Martijn keek hem plotseling wat minder spottend aan.

'Wat weet jij daarvan?'

'Ik kwam zojuist Tom tegen. Hij vertelde wat jullie hadden gedaan, met dat visnet in het schuurtje en zo. Dat was lachen, man.' Terwijl Dion dit vertelde, zag hij weer voor zich hoe Nikkelus Dukkelus in het visnet hing met haar uitpuilende ogen.

'We waren het eerst helemaal niet van plan,' zei Martijn. 'We wilden een baksteen door het bovenraam gooien met een briefje eraan, maar die kat draaide steeds om ons heen, blazend en met zo'n hoge rug. Toen ik dat beest een schop wilde geven, kreeg ik een haal over mijn enkel, dwars door mijn sok heen.' Martijn bukte en liet de vuurrode kras net boven zijn voet zien. 'Straks houd ik er nog een litteken aan over, net zoals die vleknek van jou.'

Dion streek automatisch met zijn wijsvinger over het litteken dat alleen maar groter zou worden. Zijn vader en moeder moesten gewoon de waarheid over die vlek vertellen, geen smoesjes of ontwijkende verhalen meer.

'Ik was woedend,' ging Martijn verder. 'Ik greep dat beest in zijn nekvel en toen ontdekte Tom dat visnet in het schuurtje. Man, wat ging dat monster tekeer, maar we hebben het samen wel mooi opgelost.'

Dion knikte langzaam. 'Dat kun je wel zeggen, jammer alleen voor Tom.'

'Wat bedoel je daarmee?'

'Ze hebben toch een jong hondje gekregen?' zei Dion met een onschuldig gezicht. 'Dat hondje is vannacht niet thuisgekomen. Tom denkt nu dat iemand jullie gezien heeft, het hele verhaal aan Heksemie heeft verteld en dat ze daarom wraak heeft genomen.'

'Hoe dan?'

'Begrijp je het dan niet? Tom is bang dat ze hun hondje heeft meegenomen naar haar schuur en dat...'

'Zoiets doet een normaal mens toch niet!' viel Martijn hem in de rede.

'Heksemie wel, Tom is naar haar toe. We moeten hem helpen.'

Ze zetten hun fiets tegen het verroeste hek van de achtertuin.

'Zie je dat,' vroeg Martijn, 'zou Tom daarbinnen zijn?'

Dion keek naar de schuurdeur die op een kier stond. 'Het zou me niet verbazen.'

Ze liepen de tuin in, tussen het struikgewas door. Dicht bij het schuurtje stopten ze.

'Durf jij naar binnen te kijken?' vroeg Dion zacht.

'Misschien is het niet zo'n prettig gezicht.'

'Ik ben geen bangeschijter,' antwoordde Martijn. Toch aarzelde hij een ogenblik.

'Echt niet?' fluisterde Dion.

Heel voorzichtig stak Martijn zijn hoofd om de deur. 'Ik zie helemaal niks, het is pikkedonker.'

Dion gluurde ook naar binnen. 'Wat is dat dan, daar achterin?'

'Waar precies?'

'Ga dan naar binnen,' zei Dion. Hij porde Martijn net zolang in zijn rug, totdat hij doorliep. Zodra hij de kans kreeg, smeet Dion de deur achter hem dicht. Meteen daarna drukte hij de ijzeren klink naar beneden.

'Hé, wat doe je nou?' schreeuwde Martijn. Hij bonsde op de deur en probeerde hem open te duwen, maar er was geen beweging in te krijgen. 'Doe open, man!'

'Ik dacht het niet,' antwoordde Dion rustig.

'Je hebt me er gewoon ingeluisd,' schreeuwde Martijn paniekerig, 'waar slaat dit op?'

'Het wordt langzamerhand tijd dat je iemand de waarheid gaat vertellen.'

Martijn begon weer op de deur te bonzen. 'Vuile verrader, laat me eruit!'

Vanuit een ooghoek zag Dion dat Heksemie naar buiten kwam lopen. Ze moest het geschreeuw hebben gehoord.

'Ik ben geen dierenbeul,' zei Dion toen Heksemie dichtbij hem was. 'U moet geen wraak op mij nemen, maar op hem. Hij heeft met zijn vriend uw poes in dat visnet opgehangen, daar wist ik niks van.' Hij gebaarde in de richting van de schuur.

'Wraak,' mompelde Heksemie voor zich uit alsof ze niet goed begreep wat dat woord betekende.

66

Dion zag het gezicht van Martijn achter het stoffige raampje verschijnen. 'Ik heb niks gedaan,' riep hij met zijn neus tegen het glas gedrukt, 'Dion is een gemene leugenaar!'

'Wie moet ik geloven?' zei Heksemie. Haar ogen gingen van de een naar de ander.

'Mij natuurlijk!' riep Martijn.

Dion begon iets in haar oor te fluisteren. Heksemie luisterde aandachtig en knikte af en toe. Toen hij was uitgesproken, liepen ze samen weg.

'Waar gaan jullie naartoe?' brulde Martijn. Maar ze deden net alsof ze hem niet hoorden.

Toen ze na een tijdje terugkwamen, droeg Heksemie een grote schoenendoos waarin allemaal gaatjes waren geprikt. Ze zorgde ervoor dat Martijn de doos duidelijk kon zien. Zwijgend zette Dion een houten ladder tegen de schuur, vlak onder het dakraam dat op een kiertje stond.

'Wat gaat er gebeuren?' riep Martijn bezorgd.

'Dat zul je wel merken,' antwoordde Dion terwijl hij de schoenendoos van Heksemie aanpakte.

'Wat zit er in die doos? Geen flauwe geintjes, hè?'

Dion zag het onzekere gezicht achter het raampje. 'Wil je weten wat er in zit? Nou, dat is niet zo moeilijk, de lievelingen van Heksemie, schorpioenen.'

'En dat moet ik zeker geloven?'
'Dat moet je zelf weten.' Dion zette zijn voet op de onder-
ste sport van de ladder. 'Ze komen je allemaal gezelschap
houden. Je mag er pas uit als je Heksemie de waarheid
hebt verteld.'

'Alsof je me daarmee bang kan maken,' klonk het benauwd.
Maar Dion klom de ladder al op met de schoenendoos
onder zijn arm geklemd. In een paar seconden was hij bij
het dakraam dat hij met zijn vrije hand verder openduw-
de. Hij zag dat Martijn angstig omhoogkeek.
'Weet je wel dat schorpioenen giftig zijn?' piepte Martijn.
'Dat maakt het juist lekker spannend.' Dion begon aan het
deksel te morrelen. 'Kom er maar uit, jongens.'
'Nee,' gilde Martijn, 'wacht! Ik heb het gedaan, samen met
Tom.'
'Hoorde u dat?' riep Dion.
'Ja, ik hoorde het,' antwoordde ze terneergeslagen, 'ik wil
hem niet meer zien.' Ze duwde de klink omhoog en trok de
deur wijdopen.
Dion deed net of hij de schoenendoos openmaakte.
'O griezel, nou vallen ze toch.'
Toen Martijn er als een speer vandoor ging, verscheen er
een grote grijnslach op Dions gezicht. Hij tuurde in de
doos: bruine schoenen. Maar dit waren niet de schoenen
die hij toen door de brievenbusopening had gezien, dit
waren mannenschoenen.

Zes minuten voor zeven

Dion kreeg traanogen van de scherpe rook. Aan de punten van het kleed zag hij vlammetjes opflakkeren. Hij kroop in elkaar en hoopte dat het vuur vanzelf zou verdwijnen, maar de rook werd dikker en dikker.

Dion begon te hoesten. Zijn ogen prikten zo erg dat het pijn deed. Toch bleef hij zo lang mogelijk in elkaar gedoken zitten, als een dier in het nauw. Maar op het laatst hield hij het niet meer uit, hij stikte bijna.

Om zich heen tastend probeerde hij onder de tafel vandaan te kruipen. Toen hij dacht dat hij er was, richtte hij zich op. Hij was te vroeg en stootte zijn hoofd tegen de onderkant van de tafel. Daardoor begon hij te wankelen. Zijn armen zwaaiden wild in het rond, totdat ze eindelijk steun vonden.

Met beide handen greep Dion een punt van het tafelkleed vast dat nog niet brandde. Het kleed gaf mee toen hij eraan trok. Hij verloor zijn evenwicht en klapte voorover. In zijn val sleurde hij het kleed met zich mee dat over hem heen viel.

Versuft bleef Dion voorover liggen. Plotseling voelde hij een stekende pijn in zijn nek alsof ontelbare naalden hem prikten. Hij gilde het uit. In paniek maaide hij met zijn armen en benen om zich heen. Daardoor raakte hij nog meer verstrikt in het zware tafelkleed. Hij had het gevoel dat hij stikte, terwijl de stekende pijn in zijn nek alleen maar erger werd.

Dion hoorde niet dat iemand de voordeur opengooide. Hij hoorde ook de snelle voetstappen niet die op hem afkwamen. Pas toen het kleed van hem werd weggetrokken, merkte hij dat oma er was. Ze stampte met twee voeten het vuur uit alsof ze woedend was op het kleed.

Ze rende naar de keuken en kwam terug met een druipnatte handdoek. Eventjes bracht de handdoek verkoeling tegen de brandende pijn in zijn nek. Daarna kwam het terug, nog erger dan daarvoor. Gek genoeg huilde Dion niet, hij kon alleen maar zachtjes kreunen.

'Allemaal mijn schuld,' mompelde oma steeds weer, 'allemaal mijn schuld.'

Ze zat op haar knieën naast hem en streek over zijn haar. Toen ze de natte handdoek optilde, vertrok haar gezicht van de schrik. 'Ik wist niet dat het zo erg was,' fluisterde ze.

Steunend van de inspanning tilde ze het in elkaar gedoken hoopje op en strompelde naar de voordeur. In de haast vergat ze de voordeur achter zich dicht te trekken. ♦

9 Geheimen

Dion staarde afwezig naar de meester die moeilijke reken-
sommen op het schoolbord kalkte. Hij vond het niet eens
zo erg dat de herfstvakantie afgelopen was. Misschien dat
alles nu weer een beetje normaal werd. Heksemie zou hem
verder wel met rust laten, nu ze de waarheid wist. Ze had
de politie gebeld en verteld wat Tom en Martijn met haar
poes hadden uitgespookt.

Achter hem begon Lisa te giechelen. 'Kijk dan, daar loopt
Heksemie.'

Onmiddellijk draaiden alle hoofden dezelfde kant op. Dion
zag haar vlak langs de ramen van het lokaal schuifelen.

Om de haverklap bleef ze staan om naar binnen te gluren.
Geschrokken zakte hij onderuit. Wat bezielde haar nou
weer?

'Daar gaat het liefje van Dion,' riep Tom door de klas, 'wat
een kanjer, hè?'

De hele klas barstte in lachen uit, met uitzondering van
Dion. Met een rood hoofd was hij bijna volledig onder zijn

tafel verdwenen. Toen hij zag dat ze eindelijk doorliep
haalde hij opgelucht adem.

'Zo, dit feestje is ook weer voorbij,' zei meester Van der
Wal. Hij tikte met het krijtje op het bord. 'Iedereen nu
weer gewoon opletten.'

Dion hees zich omhoog, terwijl de rode kleur langzaam uit
zijn gezicht wegtrok. Hij staarde naar zijn opengeslagen
rekenboek en probeerde een onverschillig gezicht op te
zetten. Zo zag hij tenminste al die grijnzende blikken niet
die op hem waren gericht. Dat mens is echt gestoord,
dacht hij, stel je voor dat ze me had gezien.

Hij schrok op toen iemand hard op het raam begon te tik-
ken. Daar stond Heksemie weer, met haar neus tegen het
raam gedrukt. Ze zwaaide en lachte uitgelaten naar hem,
zo blij was ze dat ze hem toch had gevonden. In het
klaslokaal steeg een luid gejoel op. Hij hoorde Martijn en
Tom erbovenuit.

Met grote stappen liep de meester naar het raam en duwde het open. 'U stoort ons bij de les, mevrouw,' zei hij
streng.

'Neemt u me niet kwalijk,' antwoordde Heksemie, 'ik wou
alleen die jongeman een ogenblikje spreken.' Ze gebaarde
naar Dion.

'Mevrouw, over een kwartiertje gaat de school uit. Wacht

u maar op het schoolplein.' Met een harde klap gooide
meester Van der Wal het raam dicht.
Dion durfde niemand meer aan te kijken. Kom ik dan
nooit van haar af? dacht hij.

Hij liep als laatste naar buiten toen hij Heksemie op het
schoolplein zag. Hij schaamde zich kapot, alle kinderen
wezen in zijn richting. Wat wilde ze toch van hem?
'Niet zo haastig,' zei ze toen Dion zonder op te kijken naar
het fietsenhok beende. Ze probeerde hem bij te houden,
maar dat lukte met geen mogelijkheid.
Toen hij wegfietste, riep ze hem na: 'Het is belangrijk!'
Een eind verderop stopte hij en bleef wachten tot ze aan
kwam fietsen. 'Wat is er dan zo belangrijk?' vroeg hij met
een chagrijnig gezicht.
'Je was gisteren plotseling verdwenen. Ik wou je nog wat
vertellen, maar ik kreeg de kans niet.'
'Wat dan?'
'Dat het me sp...' Ze slikte het laatste in alsof het een
lelijk woord was. 'Ik bedoel, het was verkeerd van mij om
te denken dat jij Nikkelus Dukkelus...' Ze stopte opeens.
'Dat is wel goed,' zei Dion. 'Als u me voortaan 's avonds
maar met rust laat. U maakt iedereen bang, vooral mijn
kleine zusje.'

's Avonds?' Heksemie keek Dion verbaasd aan. 'Wat bedoel
je daarmee, ik doe toch niemand kwaad?'
'U begrijpt heus wel wat ik bedoel,' zei Dion. Hij had geen
zin om erover door te praten. 'Nou, tot ziens dan maar.'
'Wacht even, ik wil je nog wat vragen.'
Dion zuchtte diep, maar hij wachtte beleefd.
'Wil je me met de tuin helpen? Je krijgt ervoor betaald.'
Verrast keek hij haar aan. Hij snapte niet waarom die tuin
plotseling zo belangrijk voor haar was. 'Wanneer dan?'
'We zouden dadelijk kunnen beginnen.'
Dion dacht na, zijn vader en moeder waren allebei nog op
hun werk en Sofie ging bij een vriendinnetje spelen. Hij
kon eigenlijk best wat extra zakgeld gebruiken. Peinzend
keek hij om zich heen. Vanuit zijn ooghoek zag hij Tom en
Martijn op de hoek staan wachten. Dion begreep meteen
waarom ze daar stonden. Alleen met Heksemie erbij durf-
den ze niets te doen.
'Waarom ook niet?' zei hij.

Dion ging even rechtop staan. Het was koud, bewolkt
weer, maar zijn voorhoofd glom van het zweet. Tevreden
keek hij om zich heen. Dit was de laatste struik, ze waren
verder allemaal gesnoeid.
Hij sleepte de takken naar het midden van het grasveld

waar hij al een berg snoeiafval had opgestapeld. Op haar
manier had Heksemie ook meegeholpen. Ze wilde beslist
zelf de rozenstruiken snoeien. Toen ze een laatste bloei-
ende roos had afgeknipt, had ze die in het knoopsgat van
haar jas gestoken. En nu stond ze daar wat afwezig voor
zich uit te kijken.
'Wat zullen we met die takken doen?' vroeg Dion.
Met een blik alsof ze zojuist uit een droom ontwaakte,
staarde Heksemie hem aan. 'De brand erin,' zei ze. Ze slofte naar binnen en keerde terug met een fles terpentine en
een stapeltje oude kranten.
Dion deinsde achteruit toen de vlammen oplaaiden. Hij
was bang voor vuur, maar het trok hem tegelijk aan. Om
hem heen begon het al schemerig te worden, waardoor de
vlammen nog feller leken op te lichten. De vochtige takken begonnen te knetteren.
Zijn gedachten dwaalden af terwijl hij in het vuur staarde.
Vage herinneringen kwamen weer terug, hij zag rook en er
viel iets zwaars over hem heen, zodat het donker werd en
benauwd. Toen hoorde hij in de verte een stem die hij
kende. Twee armen tilden hem op en droegen hem weg,
daarna loste de herinnering weer op.
'Waarom sta je zo te peinzen en over je nek te wrijven?
Heb je soms geheime gedachten?'

Toen Dion opzij keek, stond Heksemie dichtbij hem. Hij haalde onverschillig zijn schouders op.

'Ieder mens heeft geheimen,' zei Heksemie, 'jij net zo goed als ik.' Ze wachtte op een antwoord, maar toen dat uitbleef pakte ze zijn arm vast. 'Kom mee, ik wil je wat laten zien.'

Ze bracht hem naar de kamer die anders altijd gesloten was. Het was een kleine ruimte, met een grote leren leunstoel, een ouderwets eikenhouten bureau en een hoge boekenkast. Het viel Dion op dat het hier wél schoon en opgeruimd was. Nu ontdekte hij ook de foto van een man in militair uniform op het bureau.

'Dit is de studeerkamer van Obe, mijn echtgenoot,' legde Heksemie uit. 'Op een avond kregen we woorden, een meningsverschil, en daarna is hij weggegaan. Maar ik ben ervan overtuigd dat ik hem ooit terug zal zien. Ik zoek hem nog iedere avond.' Ze pakte de foto op en wreef zachtjes met haar wijsvinger over zijn gezicht.

Het was een ogenblik stil. 'Weet u wat mijn grootste geheim is?' vroeg Dion in een opwelling. 'Ik weet nog steeds niet waarom mijn ouders zo vreemd doen over mijn oma. Er zijn geen foto's van haar en ze willen nooit over haar praten. Wat denkt u, zou het iets met mij te maken kunnen hebben?'

Kwart over acht

'We houden hem voor alle zekerheid een nachtje hier,' zei de verpleegkundige, een broeder met een vriendelijk gezicht. 'Hij heeft een pilletje gekregen om rustig te kunnen slapen.'

'Komt het wel weer goed?' vroeg oma angstig.

'Natuurlijk komt het weer goed. Hij houdt er waarschijnlijk alleen een vervelend litteken aan over. U mag dadelijk wel even bij hem gaan kijken.'

Oma liep de lange ziekenhuisgang door en sloop zo zachtjes mogelijk naar binnen. Hij sliep al, zag ze, zijn hals zat dik in het verband. Ze pakte een stoel en ging dichtbij zijn bed zitten. Heel voorzichtig streek ze over zijn bezwete voorhoofd. Ik ben een slechte oma, dacht ze. Op een dag zul je precies begrijpen wat er is gebeurd en dan wil je niets meer van me weten.

Haar gedachten dwaalden af naar haar zoon en schoondochter. Wat zouden ze zeggen als ze hoorden wat er was gebeurd? Toch moest ze alles vertellen, hoe moeilijk dat ook was. Uitgeput liet ze haar voorhoofd op de bedrand rusten. Ze schrok op toen dezelfde broeder na een tijdje binnenkwam. 'Mevrouw, u kunt nu beter vertrekken. Op dit moment kunt u toch niets voor hem doen.'

Oma wreef in haar ogen en knikte langzaam.

'We willen wel graag de ouders van de jongen waarschuwen,' ging hij verder.

'Dat zal ik wel doen,' antwoordde ze, 'nu meteen.'

Toen de broeder wegliep, boog ze zich over Dion heen en kuste hem op zijn voorhoofd. 'Dag lieve knuffelbeer,' fluisterde ze, 'ik hoop dat je me ooit kunt vergeven.'

Het klonk als een soort afscheid.

Toen oma buitenkwam, onweerde het niet meer. In gedachten verzonken stapte ze in haar auto. Het portier aan de bestuurderskant stond nog wijdopen. Op de achterbank lag de natte handdoek die ze om Dions verbrande hals had gebonden.

Oma reed regelrecht naar het huis van de ouders van Dion. Onderweg keek ze op het klokje van het dashboard. Waarschijnlijk waren ze er nog niet, maar ze had hun sleutel nog in haar jaszak zitten. Ze zou binnen wachten tot ze thuiskwamen.

10 Achtervolging

'Ik grijp je na de training,' had Tom gezegd toen niemand op het voetbalveld hem verder kon horen. 'Ik beuk je helemaal in elkaar.'

Na de training was Dion het veld afgerend om zich snel aan te kleden. Douchen kwam thuis wel, niet dat hij bang was voor Tom, maar hij had nu gewoon geen zin om met hem te knokken.

Het begon te motregenen toen Dion in het donker weg-fietste. Zijn banden maakten een zuigend geluid op het natte asfalt van het fietspad. Regelmatig keek hij over zijn schouder. Vanaf het begin al had hij het gevoel dat iemand hem volgde, maar hij zag niemand behalve een auto die net de bocht om kwam.

Het zou hem niet verbazen als Tom achter hem aan kwam, dacht hij. Hij wist precies welke route Dion altijd naar huis nam. Tom kon harder fietsen dan hij, als hij wilde kon hij hem gemakkelijk inhalen. Dion bedacht zich geen moment. Hij moest een andere route naar huis nemen,

dan maar wat langer onderweg. De eerste de beste
zijstraat die hij tegenkwam sloeg hij in.

Het was een smalle, stille en slecht verlichte straat. Dion
fietste stevig door, want hij kon het gevoel dat hij werd
gevolgd maar niet kwijtraken. Halverwege de straat gluurde hij weer over zijn schouder. Gelukkig, geen fietser te
zien, alleen aan het begin van de straat zag hij de felle
koplampen van een auto.

Toen Dion bij de volgende zijstraat aangekomen was, keek
hij opnieuw om. Tom was nergens te bekennen. Gelukkig,
een meevaller, dacht hij. Tegelijk drong iets eigenaardigs
tot hem door. De auto die daar reed, had hij zonet ook al
gezien. Dat kon niet anders dan toeval zijn. Maar waarom
liep er dan op hetzelfde moment een koude rilling over
zijn rug?

Hijgend schoot Dion weer een andere zijstraat in. Hij wist
nu zeker dat de auto hem volgde, langzaam maar zeker
kwam hij dichterbij. Wat wilde die bestuurder van hem?
Of kon Heksemie autorijden? vroeg hij zich een ogenblik
af. Nee, dat kon hij zich niet voorstellen, maar wie was
het dan wel?

Dion had er spijt van dat hij zo'n stille buurt in was
gefietst. Hier was niemand die hem te hulp kon schieten

als dat nodig was. Toen hij voor de zoveelste keer achter-omkeek, ontdekte hij dat zijn achterlicht niet brandde.
Zou er een politiewagen achter me aanzitten? dacht hij.
Bijna zonder af te remmen racete hij op de hoek van de straat af. Nog net op tijd gaf hij een ruk aan zijn stuur en vloog met een scherpe bocht naar rechts. Hij kwam op een pleintje uit, waar aan de overkant zich een overdekte winkelgalerij bevond. Onder de overkapping voor een snackbar stond een groepje jongens op de fiets te schui-len voor de regen. Dion aarzelde geen moment en reed recht op de groep af. Zonder zich iets aan te trekken van hun verbaasde gezichten ging hij tussen hen in staan.
'Wat is hiervan de bedoeling?' vroeg een slungelige jon-gen met rode pukkels op zijn voorhoofd.
'Jij hoort helemaal niet bij ons,' zei een jongen in een leren jasje die naast Dion stond, 'ga naar je eigen buurt.'
'De politie zit achter me aan,' hijgde Dion terwijl hij ang-stig naar de hoek van het pleintje keek.
'Wat heb je uitgespookt, heb je het handtasje van een oud omaatje gepikt of zo?' vroeg de jongen met de pukkels.
Dion trok de kraag van zijn jas omhoog, zodat ze het lit-teken niet konden zien. Tegelijkertijd knikte hij naar de achterkant van zijn fiets. 'Mijn achterlicht doet het niet.'
De hele groep barstte in lachen uit.

'Dat is bijna nog erger dan moord, man!' zei de jongen
met de pukkels en hij giechelde met een hoog stemmetje.
Om de hoek verschenen de koplampen van de auto. 'Daar
heb je ze,' zei Dion. Hij dook weg tussen de andere jongens. De auto reed langzaam zijn kant op.
'Dat is toch geen politiewagen!' riep de jongen in het
leren jasje.
Tussen de fietsen en de jongens door gluurde Dion naar
de auto die vlakbij was. Nu zag hij het ook, het was een
kleine, lichtblauwe auto. Door de beregende ruiten kon
hij niet goed zien wie er achter het stuur zat. Het was
niet meer dan een vage gestalte. Uiterst langzaam reed de
auto hen voorbij en verdween om de volgende bocht.
De jongen in het leren jasje gaf hem een duw. 'Vind je het
geinig om ons in de maling te nemen?'
'Waarschijnlijk was het politie in burger,' probeerde Dion.
'In een oudewijvenwagen zeker?' grinnikte een jongen
met volle mond. Hij hield een zak patat in zijn hand. Op
zijn wang zat een klodder mayonaise.
Dion probeerde zich met zijn fiets achteruit te wurmen,
maar de jongen in het leren jasje gaf hem zo'n stevige
duw dat Dion begon te wankelen. Hij stootte tegen een
jongen aan die ook zijn evenwicht verloor. Als domino-
stenen vielen ze één voor één met hun fietsen om.

Als laatste was de jongen met de zak patat aan de beurt.
Twee tellen later lag hij scheldend op de grond te sparte-
len, zijn haar kleefde van de mayonaise en de zak patat
lag een eind verder op de stoeptegels. In alle verwarring
lukte het Dion om ervandoor te gaan.

Het regende bijna niet meer toen Dion in de buurt van zijn straat kwam. In het begin had hij voortdurend om zich heen gekeken, maar de auto was weg. Langzamerhand was ook zijn angst verdwenen. Dan was het toch toeval geweest, dacht hij. Door alles wat er de laatste tijd was gebeurd, sloeg zijn fantasie behoorlijk op hol. Hij zag overal spoken en heksen.

Hij fietste het donkere, smalle straatje in dat uitkwam op de straat waarin hij woonde. Zodra hij thuis was, wilde hij alles over oma weten. Hij vond dat hij daar recht op had, al maakte het zijn vader en moeder verdrietig. Om te beginnen zou hij de kaart laten zien die oma hem vroeger had gestuurd. Dan konden ze niet meer om de waarheid heen.

Toen hij voor zich uit keek, zag hij verderop in de straat een vrouw met lang grijs haar fietsen. Ze droeg vreemde, ouderwetse kleren en reed op een hoge zwarte opoefiets. Wat doet Heksemie hier? vroeg Dion zich af. Ze zou me toch met rust laten of is ze alweer op zoek naar Obe? Een kleine, lichtblauwe auto kwam de hoek om en reed Heksemie tegemoet. Het drong niet goed tot Dion door, zo waren zijn ogen op Heksemie voor hem gericht.

Hij zag dat de auto vlak langs Heksemie reed. Het leek alsof ze daarvan schrok, want ze begon te slingeren.

Toen smakte ze met haar schouder tegen de zijkant van de auto. Het volgende moment lag ze op de straatstenen, half onder haar fiets. Het voorwiel draaide nog langzaam rond.

Geschrokken begon Dion sneller te fietsen. Hij was bang dat het niet goed was met Heksemie, zo bewegingloos lag ze daar op de straatstenen. Een eindje verderop stond de auto midden op straat geparkeerd. De alarmlichten knipperden in het donker, maar Dion lette er niet op. Hij passeerde de auto en sprong van zijn fiets af. Bezorgd boog hij zich over Heksemie heen.

'Heksemie,' fluisterde hij, 'Heksemie, hoe gaat het, hoort u me?'

Maar er kwam geen antwoord.

Tien minuten over tien

Oma zat met haar jas aan op de bank. Om de paar minuten keek ze zenuwachtig op de klok. Ze was zo gespannen dat ze er misselijk van werd.

Om tien minuten over tien hoorde ze dat de sleutel in het voordeurslot werd omgedraaid. Onmiddellijk daarna stapten de ouders van Dion naar binnen. Ze praatten opgewonden en lachten onbezorgd, totdat ze oma met een spierwit gezicht in de woonkamer zagen zitten. Van het ene op het andere moment was het doodstil.

'Ik moet jullie wat vertellen,' zei oma.

Ze vertelde alles heel eerlijk. Over de slapende Dion, de naderende onweersbui, de ramen die nog openstonden en toen ze terugkwam: al die rook, het vuur, haar schuld.

'Hij is nu in het ziekenhuis,' zei ze, 'in het Sint Antonius, maar het valt gelukkig mee. Hij mag morgenochtend alweer naar huis.' Toen ze uitverteld was, stonden er tranen in haar ogen.

Ze keken haar eerst strak aan, verbijsterd. Toen sloeg de moeder van Dion de handen voor haar gezicht.

Na een tijd schraapte oma's zoon zijn keel. 'Ik dacht dat we je konden vertrouwen,' zei hij verdrietig, 'mijn eigen moeder. Hoe heb ik me zo in je kunnen vergissen?'

'Hij had wel dood kunnen zijn,' snikte Dions moeder.
Plotseling stond haar zoon op en gebaarde naar de deur.
'Ik wil dat je nu dadelijk weggaat en nooit meer terug-
komt. Vanaf dit moment besta je voor ons niet meer.'
Als in een roes strompelde oma naar buiten. Ze hebben
gelijk, ik verdien niet beter, kon ze alleen maar denken.
Ze liep naar haar auto en reed zonder uit te kijken weg.
Het begon opnieuw te regenen, de druppels maakten lange strepen op de autoruiten.
Na een tijdje kwam ze op een lange rechte weg uit met
aan weerskanten dikke eiken. Oma lette niet op haar
snelheid, ze reed veel te hard. Haar gedachten draaiden
steeds maar rond die ene zin: ik zal mijn knuffelbeer
nooit meer zien.
Uit een zijstraat kwam van rechts een bromfietser aanrijden. Oma zag hem pas toen de bromfietser met een
wijde bocht de hoek omsloeg. Geschrokken gaf ze op het
allerlaatste moment een ruk aan haar stuur. De auto
begon te slippen, rakelings gleed hij langs de bromfiets.
Het leek of de auto onbestuurbaar was geworden. Oma
zag een dikke eik recht op zich afkomen. ◗

11 Envelop met inhoud

'Noem me geen Heksemie,' klonk het opeens vlakbij zijn
oor, 'ik heet Mia.'
Van schrik viel Dion bijna achterover. 'Wat?'
'Alleen pestkoppen noemen me Heksemie.'
Opgelucht trok Dion de fiets van haar af en zette hem
tegen zijn eigen fiets aan. 'Hebt u ergens pijn?' vroeg hij
bezorgd.
'Alleen aan mijn schouder.' Ze ging rechtop zitten en wreef
over de pijnlijke plek. Haar lange grijze haren hingen voor
haar gezicht.
'Het is de schuld van die auto,' zei Dion.
'Welnee, ik was weer eens aan het wegdromen.' Heksemie
streek haar haren voor haar gezicht weg. 'Ik was op weg
naar jou,' zei ze. 'Je krijgt nog geld van me, voor de tuin.'
'Dat heeft geen haast,' antwoordde Dion.
Voorzichtig hielp hij Heksemie overeind. Ze sloeg een arm
om zijn hals. Heel erg lekker rook ze niet, merkte Dion.
Plotseling stond er iemand naast hen. Het was een oude

vrouw met kort grijs haar. Zonder wat te zeggen keek ze
hem door een zwarte bril indringend aan.
'Wat ben je groot geworden,' mompelde ze.
Dion werd bang van die starende blik, hij sloeg snel zijn
ogen neer. Toen zag hij haar schoenen, bruine instappers!
Er begonnen alarmbellen in zijn hoofd te rinkelen. In
gedachten keek hij weer door de brievenbusopening, nu
stonden dezelfde schoenen vlak voor hem. Hoe was dat
mogelijk, wie was deze vrouw? Hij liet Heksemie los en
deed een stap achteruit.
'Niet weggaan,' zei de vrouw, 'alsjeblieft.' Ze probeerde
hem bij zijn arm vast te pakken.
Maar Dion had zich al omgedraaid en spurtte weg zonder
op te letten.
Aan het begin van de straat durfde hij zich eindelijk om
te draaien. Hij zag dat de vrouw Heksemie ondersteunde
om in de kleine, lichtblauwe auto te stappen. Dion keek
hen na toen ze langzaam wegreden. Waar kende hij die
vrouw van?

Op de fiets van Heksemie was Dion tot de hoek van haar
straat gereden. Toen hij de lichtblauwe auto voor haar
huis geparkeerd zag staan, stopte Dion en wachtte. Hij
had geen zin om die andere vrouw weer tegen het lijf te

lopen. Het duurde eindeloos voordat ze naar buiten kwam en in haar auto stapte. Pas toen de auto om de hoek was verdwenen, durfde hij naar het huis van Heksemie te fietsen.

'Dus je bent toch nog gekomen,' mopperde ze toen ze opendeed.

'Ik kwam uw fiets terugbrengen,' zei Dion. 'En eh... ik was toch wel benieuwd hoe het met u ging.'

'Toch wel,' herhaalde ze. 'Kom verder, ik heb nog wat voor je.'

Heksemie ging op de bank zitten en bestudeerde haar blote voeten. Ze had een hand tegen haar pijnlijke schouder gelegd. Ongeduldig keek Dion haar aan, hij moest hoognodig naar huis. Het ging natuurlijk om het geld voor de tuin dat hij nog te goed had. Eindelijk ging haar hand naar een envelop die op het tafeltje lag.

'Nou, hartelijk bedankt,' zei hij, terwijl hij de envelop aanpakte, 'dan ga ik maar.'

'Nee, eerst lezen.'

'Lezen?'

Verbaasd viste hij een briefje uit de envelop. Hij begon te lezen, eerst rustig, maar al snel vlogen zijn ogen over het papier.

Dag Dion, mijn knuffelbeer.

Ja, ik leef nog, hoewel je vader en moeder iets anders hebben verteld, zo boos waren ze op mij. Ik had je toen nooit alleen mogen laten. Ik weet niet of je weet wat er is gebeurd. Het is een heel verhaal met die vreselijke brand bij mij thuis. Nu draag je door mij je hele leven een litteken met je mee. Het is onvergeeflijk. Toch wil ik je heel graag nog een keer ontmoeten, voordat het te laat is. Ik heb een paar keer geprobeerd je te spreken te krijgen, zelfs vanavond nog. Ik ben ook bij je thuis geweest toen je vader en moeder weg waren, maar het is steeds mislukt. Nu heeft het toeval een handje geholpen. Wie had gedacht dat deze aardige mevrouw jou zo goed zou kennen?

Wil je alsjeblieft snel een keer op bezoek komen? Ik heb je nog zo veel te zeggen. Als je het niet wilt, begrijp ik dat ook wel. Wat je ook doet, zeg maar niets tegen je vader en moeder, daarvoor zit de boosheid veel te diep. Voor het geval dat... op de achterkant vind je mijn adres.

Je oma die je nog elke dag mist.

Het begon Dion te duizelen, en met zijn hoofd zakte hij tegen de rugleuning van de stoel.

'Ze heeft me alles verteld,' zei Heksemie, 'hoe je aan dat litteken bent gekomen en de gevolgen ervan. Ze vroeg of ik het jou alsjeblieft wilde vertellen.'

Nadat ze klaar was met het verhaal, wist Dion niks te zeggen. Heksemie gebaarde naar de brief op het tafeltje.

'Doen, hè? Je mag je oma niet in de steek laten.'

Toen Heksemie op de bank ging verzitten, kreunde ze even. Dion keek haar bezorgd aan. 'U moet morgenochtend wel direct naar het spreekuur van de dokter,' zei hij.

'Ik ga nooit naar een dokter,' antwoordde ze, 'en helemaal niet voor een beetje pijn aan mijn schouder. Het zijn tegenwoordig allemaal kwakzalvers.'

'Dat is dan behoorlijk eigenwijs van u.'

'Moet je horen,' zei Heksemie, 'je gaat me toch niet vertellen dat je werkelijk bezorgd bent om mij?'

Een paar tellen later voelde hij een hand op zijn arm. 'Of wel soms?'

Dion gaf geen antwoord, maar haalde zijn schouders op.

Ze kneep even in zijn arm. 'Hé, ik vroeg je wat.'

Weer geen antwoord.

Heksemie schoof onrustig op de bank heen en weer.

'Zou jij dan mee willen gaan?' vroeg ze zacht.

'Ik ga niet graag alleen...' Ze stopte met praten.
Verbaasd keek hij haar aan, hield ze hem voor de gek?
Maar haar ogen stonden ernstig, een beetje angstig zelfs.
'Alsjeblieft.'
'Ik kijk wel, als ik tijd heb.'
Toen hij zag hoe laat het was, stond Dion geschrokken op.
'Ik had allang thuis moeten zijn, straks krijg ik op mijn
kop. Tot morgen dan... ik bedoel, misschien.'
Met een klap trok hij de voordeur achter zich dicht.
Zonder om zich heen te kijken, rende hij het pad af en
stak de donkere straat over. Daardoor zag hij niet dat
twee jongens op de fiets zich uit de schaduw losmaakten.
Ze begonnen hem te achtervolgen.

12 Op de vlucht

De voetstappen van Dion klonken hol in de stille straten.
Ik ben goed de klos, dacht hij. Zijn vader had hem de
laatste tijd al vaker gewaarschuwd dat hij niet zo laat
thuis moest komen.
'Hé Vleknek, nou hebben we je eindelijk te pakken. We
wisten wel dat je bij die stomme heks op bezoek was!'
Met een ruk draaide Dion zijn hoofd om, dat was de stem
van Tom. Hij fietste niet ver achter hem.
'We slaan je helemaal tot moes!' riep Martijn.
Dion voelde de paniek in zich opkomen, tegen twee man
had hij geen schijn van kans. Tussen geparkeerde auto's
door schoot hij snel een zijstraat in. Over zijn schouder
zag hij dat ze snel dichterbij kwamen.
Op een kruising rende hij naar rechts, een speeltuintje in.
Hij zigzagde tussen schommels en een klimrek door en
ploeterde dwars door de zandbak. Tom en Martijn moesten
omfietsen, zag hij, dat gaf hem iets meer voorsprong.
Achter de huizen langs rende hij een donker poortje in.

Hijgend bleef Dion een ogenblik staan, voor hem liep een weg met een brede sloot erlangs en daarachter lag het park. Daar zouden ze hem niet gemakkelijk kunnen vinden, dacht hij. Zijn blik ging naar rechts: verderop lag een smalle houten voetgangersbrug over de sloot. Toen hij omkeek zag hij de twee fietsers alweer aankomen.

Hij rende verder en stormde de brug over, naar het park. Het hout was glad van de regen, waardoor hij net op de laatste planken hard onderuit ging. Dion viel voorover, zijn knie bonkte op de stenen rand van het pad. Kermend van de pijn probeerde hij op te staan. Hij moest verder, maar hij kon niet meer rennen, alleen maar hinken. Van dichtbij hoorde hij de stemmen van Martijn en Tom.

'Hij is naar het park gerend!' riep Martijn.

De moed zakte Dion in de schoenen. Met zo'n pijnlijke knie hadden ze hem zo te pakken. Rechts van hem spiegelde de vijver in het maanlicht. Er was geen plek om zich te verstoppen, ook niet achter het standbeeld dat vlak voor hem op de hoek van het grasveld stond. Ze zouden hem ogenblikkelijk ontdekken. Dion tuurde in het donker naar het standbeeld dat op een vierkant betonblok stond. Hij zag twee kinderen met hun armen om elkaars schouders geslagen. Ze stonden een beetje voorovergebogen, met hun gezichten bij elkaar alsof ze een geheim bespraken.

96

Zonder na te denken hinkte hij naar het standbeeld en klom op het betonblok. Op precies dezelfde manier sloeg hij een arm om de schouder van een van de kinderen en boog ook iets naar voren. Zo bleef hij doodstil staan, twee kinderen van brons en een van vlees en bloed die elkaar een geheim vertelden.

Tom en Martijn raceten op hun fietsen de voetgangers-brug af en stopten een paar meter voor het donkere standbeeld. Ze keken om zich heen.
'Zie jij hem?' vroeg Martijn, 'zou hij zich ergens hebben verstopt, achter dat standbeeld misschien?'
Langzaam fietste Tom wat dichterbij en keek, hij schudde zijn hoofd. 'Ik snap niet waar... stil eens, hoor jij dat?'
'Wat dan?' vroeg Martijn, hij kwam ook dichterbij.
'Het klinkt alsof... hoe moet je dat zeggen, het lijkt een soort gehijg.'
Dion probeerde zijn adem in te houden, maar hij was te uitgeput om dat lang vol te kunnen houden. Tot overmaat van ramp begon zijn ene been ook nog te trillen.
Tom staarde naar een van de beelden, het beeld met het trillende been. 'Kijk, het beweegt, daar staat Vleknek. Dacht je ons voor de gek te kunnen houden?' Hij begon spottend te lachen.

Dion trapte wild met zijn been naar achteren, toen ze
hem naar beneden wilden trekken. Het hielp niet, ze hadden zijn andere been al te pakken. Hij moest loslaten,
zijn gezicht schaafde over het betonblok, bloed drupte uit
zijn neus.

'Hé, vuile verrader,' zei Tom, 'stiekem de politie over die
rotkat bellen, hè, zodat wij op onze kop krijgen. We zullen in de vijver even dat bloed van je afwassen.'

Tussen hen in sleepten Tom en Martijn hem in de richting
van het water. Dion probeerde tegen te stribbelen, maar
hij was te versuft om veel tegenstand te kunnen bieden.
Jullie vergissen je, wilde hij roepen, Heksemie heeft de
politie gebeld. Toch bleef hij zwijgen.

Toen ze vlak bij de vijver waren, vond Dion een laatste
restje van zijn krachten terug. Kronkelend en worstelend
probeerde hij zich los te rukken. Hij struikelde en viel
achterover op de grond. Meteen ging Tom bovenop hem
zitten en drukte zijn knieën op de bovenarmen van Dion.

'Wat wou je nou beginnen,' schreeuwde Tom, 'zonder die
achterlijke heks stel je niks voor, hè?'

'Ze is geen achterlijke heks!' schreeuwde Dion terug.

'Moet je hem eens horen,' zei Martijn die met zijn armen
over elkaar grijnzend op hem neer keek. 'Vroeger zei je
heel wat anders.'

Dion worstelde opnieuw om los te komen, maar Tom drukte zijn knieën alleen nog maar harder op zijn armen. 'Zeg me na,' beet hij hem toe, 'Heksemie is een gestoorde heks. Misschien laten we je dan gaan.'

Heel even flitste door zijn hoofd dat hij Tom gemakkelijk zijn zin kon geven. Wat maakten die woorden per slot van rekening uit? Niemand hoorde het verder. Maar dan was het net of hij haar in de steek liet en dat hij wilde hij niet, hoe bang hij ook was.

'Heksemie is niet gestoord!' schreeuwde hij. 'Ze is soms wat verward, maar ze is heel wat normaler dan jij. Jij bent een gemene dierenbeul, Heksemie doet nog geen vlieg kwaad!'

'Pak zijn benen!' gilde Tom tegen Martijn, 'we gooien hem...'

Verder kwam hij niet. Het maanlicht viel op een oude vrouw achter hen die als een reusachtige vleermuis met haar zwarte cape fladderde. 'Scheer jullie weg,' siste ze, 'anders verander ik jullie in twee nietige aardwormen.'

Het leek of Tom en Martijn zich niet konden verroeren, maar toen ze een stap dichterbij deed, sprongen ze op. Nog nooit had Dion ze zo hard zien weglopen.

Heksemie hielp hem overeind. 'Als ik mijn best doe, lijk ik precies op een echte heks, vind je niet?'

'Waar komt u zo snel vandaan?' vroeg Dion.

Ze haalde een envelop uit de zak van haar cape en wapperde ermee. 'Je was de brief van je oma vergeten. Het was niet zo moeilijk om jullie te vinden. Op een kilometer afstand hoorde ik jullie schreeuwen.'

'Hoe lang stond u hier al?'

'Lang genoeg om het belangrijkste te horen.' Ze raakte even zijn arm aan. 'Waarom nam je het voor mij op, voor een vreemde, oude vrouw als ik?'

'Gewoon, omdat...' Hij zocht naar de goede woorden. Hij wilde zeggen: omdat ik door u mijn oma weer gevonden heb en omdat u aardig bent en omdat ik spijt heb van al dat pesten. Maar dat vond hij moeilijke woorden om uit te spreken. Dus zei hij: 'Eigenlijk... gewoon, omdat ik dat wilde.'

13 Dion en Dionne

De volgende ochtend schudde zijn moeder hem wakker.
'Hoe is het met je?' vroeg ze. 'Heb je nog last gehad?'
'Last?' mompelde Dion.
Voorzichtig haalde ze het dekbed van hem af. 'Je gezicht
is behoorlijk geschaafd,' zei ze. 'Wat is er gisteren eigenlijk precies gebeurd?'
Dion knipperde met zijn ogen en raakte even met zijn
wijsvinger zijn voorhoofd aan. Hij voelde allemaal kor-
sten. Zijn bovenarmen deden pijn op de plek waar Tom
zijn knieën had neergedrukt.
'Waren het jongens die je kende?' vroeg ze.
'Niet echt.'
'Wat bedoel je, niet echt? Ik hoorde dat je de laatste tijd
nogal eens problemen hebt met Tom en Martijn. Ze zeggen dat het over Heksemie gaat, die oude vrouw die niet
goed bij haar hoofd schijnt te zijn.'
'Dat is gemeen om te zeggen. Ze heet trouwens Mia,
Heksemie is een stomme scheldnaam.' Dion sprong uit bed

om zijn kleren te pakken die over de stoel hingen. Hij voelde dat zijn knie nog pijn deed van gisteren.

'Wat is er aan de hand?' vroeg zijn moeder. 'Ik wil absoluut niet dat je dingen voor ons verborgen houdt!' Ze greep zijn schouder, net op het moment dat Dion in een broekspijp wilde stappen. Hij verloor zijn evenwicht en viel met de broek in zijn handen achterover op het bed. Uit een van zijn zakken viel iets op de grond.

Zijn moeder raapte de verkreukelde kaart met de speelgoedbeer op. Ze las de woorden op de achterkant. Daarna keken ze elkaar zwijgend aan.

Plotseling kon Dion zich niet meer inhouden. 'Jullie hebben dingen voor mij verborgen gehouden!' schreeuwde hij. 'Hoe ik aan die brandvlek in mijn nek kwam en wat er met oma is gebeurd. Jullie hebben mij voor de gek gehouden, oma is helemaal niet verongelukt!' Hij begon te stotteren. 'H-h-hoe hebben jullie dat kunnen doen?'

'Luister,' antwoordde zijn moeder na een korte stilte, 'we zeiden dat niet om...'

Dion stopte zijn vingers in zijn oren. 'Ik wil het niet horen, allemaal smoesjes.'

Maar zijn moeder trok zijn armen weg. 'Weet je wel wat ze gedaan heeft?' vroeg ze boos.

'En weet je wel hoe verdrietig oma is?' antwoordde Dion.

'Weet je wel hoeveel spijt ze ervan heeft? Hoe kunnen jullie zo lang boos op haar blijven? Ze wil met mij praten, nu het nog kan.'

Dion stond op. 'Vanmiddag na schooltijd ga ik bij haar op bezoek en niemand kan mij tegenhouden.'

Dion klopte op de deur van Sofies kamer.

Ze zat op de grond met een knuffelbeest op haar schoot.

'Anders klop je nooit,' zei ze.

Hij ging op zijn hurken naast haar zitten. 'Kan ik wat geld uit je spaarpot lenen?'

'Waarom?'

Dion zuchtte diep, waarom moest ze altijd alles precies weten? 'Voor de bus, ik moet naar iemand toe en ik moet ook wat voor haar kopen.'

Sofie begon te lachen. 'Ben je verliefd of zo?'

'Het is niet grappig. Geef nou maar, vijftien euro is genoeg.'

'Vijftien euro? Dat is bijna alles wat ik heb.'

'Alsjeblieft, ga nou niet zeuren.'

'Ik zeur niet, ik wil eerst weten waarvoor het is.'

Dion zuchtte weer, maar toen besloot hij gewoon de waarheid te zeggen. 'Weet je nog van die avond, toen we 's avonds alleen thuis waren en je rare geluiden hoorde?

Er stond iemand bij de achterdeur. Dat was oma.'

'Oma? Die woont toch in Amerika?'

'Het is de oma die dood is.'

Sofie begon te lachen, maar toen ze het gezicht van haar broer zag, stopte ze.

'Ze is niet dood,' zei Dion terwijl hij naar een plek op de muur staarde. 'Dat zeiden pap en mam alleen maar omdat ze zo boos op haar waren. Als jij eens wist hoe verdrietig ze daarover is.'

'Maar wat is er dan...'

'Vraag toch niet zo veel,' onderbrak hij haar, 'ik leg het je nog wel een keer uit als ik meer tijd heb.'

Sofie keek hem onderzoekend aan. 'Wat is er eigenlijk met je ogen? Ze glanzen zo raar.'

Toen hij geen antwoord gaf, kwam Sofie zonder verder te vragen, overeind. Ze liep naar de lage kast onder het raam. 'Neem alles maar mee,' zei ze.

Met een groot boeket van herfstbloemen liep Dion de winkel uit. Als hij nu iemand uit zijn klas tegenkwam, zouden ze hem uitlachen. Op de een of andere manier kon hem dat niets meer schelen, al riepen ze duizend keer Vleknek. Hij slenterde in de richting van het bushokje. Morgen zou hij weer bij Heksemie eh... Mia op bezoek gaan. Ze moest niet denken dat hij haar in de steek liet, bovendien kon ze wel wat hulp gebruiken met die schouder. Vlak voordat hij wegging, had ze hem nog opgebeld. Ze vond het niet nodig om naar de dokter te gaan. Eigenwijs mens, dacht Dion.

In het bushokje zocht hij beschutting tegen de koude wind. Op het bankje zat een oude vrouw met een wollen mutsje op haar hoofd. Ze glimlachte naar hem en knikte naar de bloemen. 'Ga je je moeder verrassen?'

'Mijn oma,' antwoordde Dion.

'Dat zal ze fijn vinden.'

Ze zou het nog fijner vinden als pap en mam niet meer boos op haar waren, dacht hij. Het leek wel alsof ze haar haatten, maar dat kon hij zich niet voorstellen. Misschien vonden ze het gewoon moeilijk om het weer goed te maken. Dat merkte hij wel vaker aan zijn vader en moeder als ze weer eens ruzie hadden.

Hij deed een paar stappen naar voren om te kijken of de bus al in aantocht was, maar er kwam alleen een auto aanrijden. Het was net precies dezelfde als ze zelf hadden. Heel even vlamde de hoop in hem op. Zouden pap en mam toch...? Toen zag hij dat het een andere auto was.

Ze hebben meer tijd nodig, dacht Dion, maar uiteindelijk kwam het goed, daarvan was hij overtuigd. Gedachteloos wreef hij over de vlek in zijn hals.

'Doet het pijn? vroeg de oude mevrouw, 'dat litteken?'

'Eh... nee hoor,' antwoordde Dion. 'Het is lang geleden gebeurd, een ongelukje met een aansteker.'

Vanuit zijn ooghoek zag hij dat de bus eraan kwam. Dion stapte alvast naar voren.

'Veel plezier bij je oma. Ze boft maar met zo'n kleinzoon.'

De oude vrouw zwaaide naar hem toen de bus wegreed, maar Dion zag het niet. Hij was met zijn gedachten bij oma. Hij probeerde zich haar gezicht weer voor te stellen, een schim uit het verleden die tot leven was gekomen.

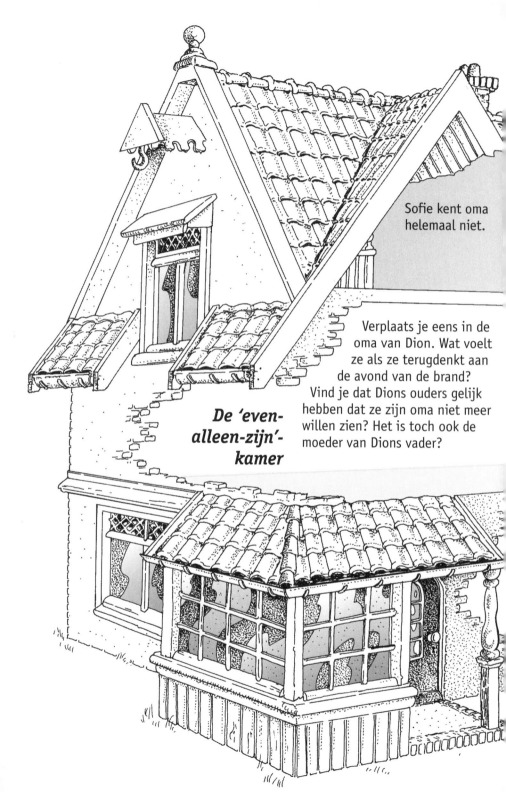

Sofie kent oma helemaal niet.

Verplaats je eens in de oma van Dion. Wat voelt ze als ze terugdenkt aan de avond van de brand? Vind je dat Dions ouders gelijk hebben dat ze zijn oma niet meer willen zien? Het is toch ook de moeder van Dions vader?

De 'even-alleen-zijn'-kamer

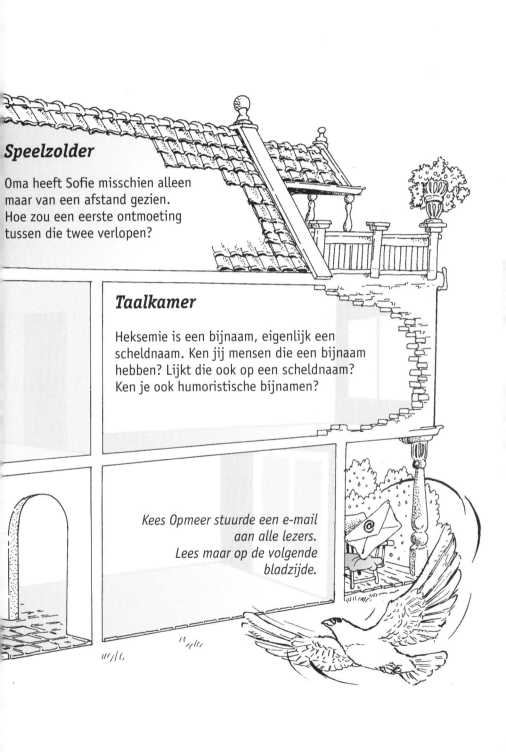

Speelzolder

Oma heeft Sofie misschien alleen
maar van een afstand gezien.
Hoe zou een eerste ontmoeting
tussen die twee verlopen?

Taalkamer

Heksemie is een bijnaam, eigenlijk een
scheldnaam. Ken jij mensen die een bijnaam
hebben? Lijkt die ook op een scheldnaam?
Ken je ook humoristische bijnamen?

*Kees Opmeer stuurde een e-mail
aan alle lezers.
Lees maar op de volgende
bladzijde.*

Van: keesopmeer@hotmail.com
of mail via villa@maretak.nl
Aan: <alle lezers van VillA Alfabet>
Onderwerp: Vleknek

Hallo lezer,

Ik schrijf altijd over gebeurtenissen die ik zelf heb meege-
maakt of die ik van anderen heb gehoord. Natuurlijk doe ik er
wat fantasie bij, maar het meeste in mijn boeken is echt
gebeurd.
Hoe ik op het idee voor dit boek kwam?
Toen ik ongeveer zo oud was al jullie, kende ik een oude
mevrouw. Ze zag er raar uit, met ouderwetse kleren, opgesto-
ken haar en een dikke laag poeder op haar gezicht. Daarom
noemden we haar Poederdot. Ze woonde in haar eentje in een
groot, vervallen huis. Elke dag zagen we haar zomaar wat
rondfietsen in de buurt. We fantaseerden dat ze een soort heks
was. Poederdot is een van de hoofdpersonen in dit boek.
Alleen noem ik haar nu Heksemie.

Ik vind het leuk om mailtjes te krijgen, dus ga je gang. Ik
beloof je: je krijgt altijd antwoord.

Groeten van Kees Opmeer

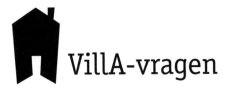

VillA-vragen

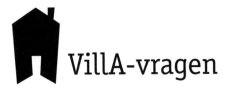 *Vragen na hoofdstuk 2, bladzijde 19*
1 Hoe geheimzinnig vind jij Heksemie? Wie zou Obe zijn? Waarom mocht Dion de deur van die ene kamer niet open doen?
2 Hoe denk jij dat de vlek in de nek van Dion er gekomen is?
3 Bladzijde 13, laatste zin: Het leek op de stilte voor de storm. Wat zou dit te betekenen hebben?
4 Wie is volgens jou de gestalte met de capuchon?

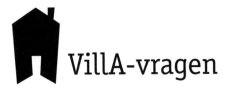 *Vragen na hoofdstuk 5, bladzijde 46*
1 Ben je er al achter wie Obe kan zijn?
2 Oma was erg geschrokken toen ze Dion met het snoer van de frituurpan zag. Zou ze zich daardoor niet op haar gemak voelen?
3 Kun je je indenken wat Dion voelde toen hij zichzelf met zijn oma op de foto in de bestuurskamer zag?
4 Had jij de slapende Dion ook alleen gelaten?
5 'Je zult je oma wel missen,' zei ze onverwacht. 'Ik had ook wel oma willen zijn,' Ze staarde naar zijn hals. 'Hoe ben je toch aan die vlek gekomen?' Wat hebben deze drie zinnen met elkaar te maken?

 Vragen na hoofdstuk 8, bladzijde 71
1 Weet jij ook wie Nikkelus Dukkelus in het visnet gehangen hebben?

2 Bewaart jouw moeder ook spulletjes van jou van vroeger? Tekeningen? Foto's? Moederdagcadeautjes die jij zelf gemaakt hebt?
3 Begrijp je nu waarom de ouders van Dion de foto's van zijn oma uit het album gehaald hebben? Vind je het goed dat ze dat gedaan hebben?

♦ *Vragen na hoofdstuk 10, bladzijde 88*
1 Dion was bang voor vuur, maar tegelijk trok het hem aan. Heb jij dat ook met vuur?
2 'Ieder mens heeft geheimen,' zei Heksemie, 'jij net zo goed als ik.' Welke geheimen heeft Heksemie? Welke geheimen heb jij?
3 Hoe loopt het af? Krijgen Tom en Martijn Dion nog te pakken? Hebben Heksemie en zijn oma iets met elkaar te maken? Sluit oma haar knuffelbeer ooit nog eens in de armen?

VillA Alfabet